作者简介

徐文秀，江西上饶人。大学毕业后相继在县、市、省和中央四级机关工作，现在中央机关履职。著作有《党员心理学》《人生边角料》《人生正负手》《人生卷首语》《方步谭》《方步行》《方步云》《从政守则》和《青春用来干什么》等13部，发表论文、论著近500万字。署名"文秀"发表的《习近平讲话的语言风格及特点》《习近平的领导风格及特点》等文章反响强烈、广为传播；《做人做事做官"四十忌"与"四十悟"》《年轻干部"八缺八不缺"》等文章深受好评、广为流传。许多文章被选为中考题和公务员"申论"考题，2篇文章被收入义务教育九年级语文辅导教材。

三生集

徐文秀 著

《人民日报》言论 **100** 篇

SANSHENG JI

RENMIN RIBAO YANLUN 100 PIAN

广西师范大学出版社
·桂林·

三生集：《人民日报》言论100篇
SANSHENGJI: RENMIN RIBAO YANLUN 100PIAN

图书在版编目（CIP）数据

三生集：《人民日报》言论100篇 / 徐文秀著. --桂林：广西师范大学出版社，2023.10
　　ISBN 978-7-5598-6389-8

Ⅰ. ①三… Ⅱ. ①徐… Ⅲ. ①评论性新闻—作品集—中国—当代 Ⅳ. ①I253

中国国家版本馆 CIP 数据核字（2023）第 171764 号

广西师范大学出版社出版发行

（广西桂林市五里店路 9 号　邮政编码：541004）
　网址：http://www.bbtpress.com
出版人：黄轩庄
全国新华书店经销
广西民族印刷包装集团有限公司印刷
（南宁市高新区高新三路 1 号　邮政编码：530007）
开本：889mm×1 240 mm　1/32
印张：12.875　　　　字数：200 千
2023 年 10 月第 1 版　2023 年 10 月第 1 次印刷
印数：00 001~10 000　　定价：98.00 元

如发现印装质量问题，影响阅读，请与出版社发行部门联系调换。

自 序

有一种幸福，叫以文为生

对于自己而言，在《人民日报》发表99篇时政评论是历史性和标志性的，也是具有里程碑意义的，堪称自己写作生涯的"天花板"。因此，当快满100篇时，我萌生了把这百篇文章汇编成集子，以作纪念的想法，于是有了这本有点年代感和厚重感的书。

回望这百篇文章，时间跨度32年。首篇文章发表于1991年，当年自己才28岁。回想当时，一个在基层"爬格子"的年轻人，能在《人民日报》上发表文章，不亚于考上一个好大学拿到了录取通知书，就像中大奖一样，禁不住手舞足蹈、欢呼雀跃起来，我都不敢相信自己，生怕是个梦。当散发着墨香的铅字报纸呈现于眼前时，我才确信这是真的。从那以后，我像是打了强心剂，时不时地给《人民日报》写稿、投稿，可基本上都是或碰一鼻子灰，或石沉大海，我开始怀疑自己，变得心灰意冷起来，觉得发第一篇文章只是个偶然，运气好而已。

"文章合为时而著，歌诗合为事而作。"文章是客观事物的反映，人情练达皆文章。随着自己年龄的增长，特别是经历、阅历的积累，我对世事有了更多的了解和理解。这时候，总觉得有话要说、有想法想表达，于是又开始给《人民日报》写稿，这也就转眼到了1995年。这段经历让我体会到了，好文章更重要的不是写的问题，写只是技术层面的活，真正的好文章是有感而发和有话要说，而且还得把要说的话和要讲的事琢磨透了，一旦琢磨透了，也就呼之而出、顺理成"章"了。所以，有人一语道破天机："我们有些文章写得不好，不是词汇不够多、句子不够美，而是动机上、内容上、方法上有了毛病，在捣鼓字儿上花的时间太多，在研究事儿上下的功夫太少。"所以，我把功夫下在了"研究事儿"上，花在"为了解决问题"上。《"凭实绩"不等于"凭数字"》《领导干部要读什么书？》等文章，就是这么出来的。想明白了这个道理，也就豁然开朗，写文章也就进入了一个新天地。经过几年的沉淀和沉寂，从2008年开始，我又开始在《人民日报》时不时地露个脸，混个脸熟，每年发四到五篇文章，基本上都是在四版"人民论坛"栏目。"人民论坛"是广大读者喜爱的一大品牌，也是《人民日报》的一张名片和金字招牌，能与其结缘并频频露脸，对我是莫大的鼓舞、激励和鞭策，我不敢有丝毫的懈怠和马虎。

真正在《人民日报》"井喷式"发表文章是从2015年开始的，那一年发了11篇，次年发了12篇，做到了每月一稿。就这样，不知不觉这十年竟然发了七八十篇，可以说是越写越起劲，越写越有味道。文字是有温度的，文字也是有记忆的。每每翻看这十年的七八十篇文章，及至再往前上溯到更早前的文章，那时那候、那情那景、那人那事不由得浮于眼前，闪烁于脑际，经常会一下子把沉睡的记忆和往事唤醒，这就是文字的力量。

古人云：立德、立功、立言，乃人生三不朽。从文字中我实现并升华了人生价值，也寻找并品味到了人生的真谛。我已然把写文章、爬格子作为自己的生命之源、生存之道和生活之味，这也就是我以文为生的"三生"之意涵。

大凡写文章的人，都有在《人民日报》上发文章的梦，它毕竟是顶级平台，在这个平台上发文章是一种能力水平的认可，更是一种价值作用的体现。我的梦一不小心做大了，我乐在其中、沉湎其中，幸福感、成就感也由此而生。

目 录

01　跑出事业发展的"加速度"

（《人民日报》2023年4月10日）　………3

02　展现可信、可爱、可敬的中国形象

（《人民日报》2023年1月10日）　………6

03　年轻干部要保持"早节"

（《人民日报》2022年8月16日）　………10

04　年轻干部要防"心中贼"

（《人民日报》2022年3月21日）　………13

05　重要的是"心上的任命"

（《人民日报》2021年12月23日）　………16

06 还债"填窟窿"也是政绩

（人民日报客户端2021年11月15日）　………20

07 正确看待和使用"不粘人"干部

（人民日报客户端2021年10月14日）　………24

08 讲原则不讲面子

（《人民日报》2021年9月23日）　………27

09 奥运风采凝聚奋进力量

（《人民日报》2021年8月18日）　………30

10 "崇尚严于律己的品德"

（《人民日报》2021年6月18日）　………33

11 "多交几个能说心里话的基层朋友"

（《人民日报》2021年3月25日）　………37

12 "站在最广大人民之中"

（《人民日报》2021年3月16日）　………40

13 讲好中国扶贫故事

（《人民日报》2021年1月6日）　………43

14 保持"历史耐心"

（《人民日报》2020年12月8日）　………46

15	组织优势是制胜法宝	
	(《人民日报》2020年9月23日)	………49
16	奋斗，成功者的"通行证"	
	(《人民日报》2020年7月16日)	………53
17	心系"国之大者"	
	(《人民日报》2020年6月30日)	………56
18	"把为民造福作为最重要的政绩"	
	(《人民日报》2020年6月1日)	………60
19	讲好中国抗疫故事	
	(《人民日报》2020年3月18日)	………63
20	经受住大考	
	(《人民日报》2020年3月18日)	………66
21	别把"结果"当"效果"	
	(《人民日报》2020年1月15日)	………69
22	"淘报"之乐	
	(《人民日报》2019年12月28日)	………72
23	劳动者最美 奋斗者最幸福	
	(《人民日报》2019年12月10日)	………75

24	与"新生事物"一起成长	
	(《人民日报》2019年10月16日)	………79
25	兼济天下的"人类情怀"	
	(《人民日报》2019年7月11日)	………82
26	懂得看"桅杆"	
	(《人民日报》2019年4月4日)	………85
27	多些"无声的联系"	
	(《人民日报》2019年2月12日)	………89
28	得有一股"拧拉"劲	
	(《人民日报》2018年12月21日)	………93
29	走好从政第一步	
	(《人民日报》2018年11月13日)	………97
30	耐心成就人生之美	
	(《人民日报》2018年10月9日)	………100
31	不妨选择一下"复焙"	
	(《人民日报》2018年8月22日)	………104
32	当干部要习惯"不舒服"	
	(《人民日报》2018年8月6日)	………107

33 做一股"清流"

（《人民日报》2018年7月16日） ……… 110

34 做新时代的改革者

（《人民日报》2018年6月22日） ……… 114

35 "好缺点"是种假把戏

（《人民日报》2018年6月5日） ……… 118

36 多些"烟火气"

（《人民日报》2018年5月3日） ……… 121

37 学会"看全局"

（《人民日报》2018年4月9日） ……… 124

38 落实贵在"头雁效应"

（《人民日报》2018年2月28日） ……… 128

39 聪明莫过"不聪明"

（《人民日报》2018年2月14日） ……… 132

40 多问一问"炮弹"往哪发了

（《人民日报》2018年1月5日） ……… 136

41 话说国运

（《人民日报》2017年10月17日） ……… 139

42	你喜欢怎样的"称号"？	
	(《人民日报》2017年9月26日)	·········143
43	读懂"后排的掌声"	
	(《人民日报》2017年9月22日)	·········147
44	一心干事与一身干净	
	(《人民日报》2017年8月9日)	·········150
45	堵住人生的"管涌"	
	(《人民日报》2017年7月26日)	·········154
46	和国家一起成长	
	(《人民日报》2017年6月16日)	·········157
47	烂石生好茶	
	(《人民日报》2017年5月9日)	·········160
48	让"朋友圈"清清爽爽	
	(《人民日报》2017年2月7日)	·········163
49	当领导的要敢于"认账"	
	(《人民日报》2016年12月23日)	·········167

50 "亲清"与亲情

　　(《人民日报》2016年11月22日) ·········170

51 扣好人生的每一粒扣子

　　(《人民日报》2016年10月31日) ·········173

52 多看群众表情

　　(《人民日报》2016年8月30日) ·········177

53 要争气不要斗气

　　(《人民日报》2016年8月9日) ·········180

54 有所戒才能有所成

　　(《人民日报》2016年7月22日) ·········183

55 做好人生的"选择题"

　　(《人民日报》2016年6月14日) ·········186

56 "软落实"岂能成避风港

　　(《人民日报》2016年5月20日) ·········190

57 善于倾听下面干部的意见

　　(《人民日报》2016年4月26日) ·········193

58 莫怕"偶尔说错话"

（《人民日报》2016年4月5日） ………197

59 长处·难处·好处

（《人民日报》2016年3月23日） ………200

60 把"冷板凳"坐热

（《人民日报》2016年1月21日） ………204

61 胸有"格局"立天地

（《人民日报》2015年11月18日） ………207

62 "聚气"的梁家河

（《人民日报》2015年10月28日） ………210

63 凭什么让群众说好

（《人民日报》2015年10月12日） ………214

64 学会管理自己的欲望

（《人民日报》2015年9月9日） ………217

65 靠什么洞察"局"与"势"

（《人民日报》2015年8月6日） ………221

66　大道至简说"关系"

（《人民日报》2015年7月15日）　………225

67　学会用"易于理解的语言"

（《人民日报》2015年6月9日）　………229

68　破解"六易六不易"困局

（《人民日报》2015年5月28日）　………233

69　把矢志改革者用起来

（《人民日报》2015年5月8日）　………237

70　为官者当有"五种意识"

（《人民日报》2015年4月15日）　………240

71　领导干部当有"七不怕"

（《人民日报》2015年3月20日）　………244

72　能干·能处·能忍

（《人民日报》2013年7月4日）　………247

73　群众工作的主场在现场

（《人民日报》2013年5月20日）　………250

74 能力·动力·定力

(《人民日报》2013年3月29日) ·········254

75 转作风切忌"夹生饭"

(《人民日报》2013年2月8日) ·········257

76 破解"层层陪同"困局

(《人民日报》2012年12月20日) ·········260

77 某种"做人"之风不可长

(《人民日报》2012年5月7日) ·········263

78 多一些"家国情怀"

(《人民日报》2012年1月20日) ·········266

79 知足·知不足·不知足

(《人民日报》2011年11月30日) ·········270

80 敢于唱"黑脸"

(《人民日报》2011年10月18日) ·········274

81 也要学会"踱方步"

(《人民日报》2011年4月6日) ·········277

82 走出"被调研"的围城

（《人民日报》2010年12月30日） ·········280

83 事业·职业·副业

（《人民日报》2010年11月3日） ·········283

84 庸俗的"客客气气"

（《人民日报》2009年12月1日） ·········286

85 不让有正气的干部流汗又流泪

（《人民日报》2009年5月20日） ·········290

86 不让"官油子"得势得利

（《人民日报》2009年4月9日） ·········293

87 愿"大白话"新风更强劲

（《人民日报》2009年3月17日） ·········296

88 最基本的东西最管用

（《人民日报》2009年1月12日） ·········300

89 群众是最高明的老师

（《人民日报》2008年11月6日） ·········304

90 中国的经验 世界的经验
　　（《人民日报》2008年9月2日）　　……… 307

91 共产党人的答卷
　　（《人民日报》2008年7月11日）　　……… 310

92 "特殊党费"告诉我们什么？
　　（《人民日报》2008年6月18日）　　……… 313

93 感受狼牙山
　　（《人民日报》2005年8月2日）　　……… 316

94 持久战与攻坚战
　　（《人民日报》2003年11月19日）　　……… 319

95 聚精会神干工作
　　（《人民日报》2003年1月20日）　　……… 323

96 论本领"恐慌"
　　（《人民日报》1998年12月23日）　　……… 326

97 领导干部要读什么书？
　　（《人民日报》1996年9月4日）　　……… 329

98 "凭实绩"不等于"凭数字"

（《人民日报》1995年5月10日） ……… 333

99 青年干部要养成优良心理素质

（《人民日报》1991年9月13日） ……… 337

附录

01 莫让"改革打滑"

（《求是》2017年第18期） ……… 343

02 谨防"伪忠诚"

（《求是》2016年第16期） ……… 347

03 领导干部当有"四张牌"

（《求是》2016年第4期） ……… 351

04 "五个无"干部要不得

（《求是》2014年第11期） ……… 355

05 莫让利器变钝器

（《求是》2013年第21期） ……… 359

06	谨防"亚信仰"	
	(《求是》2013年第7期)	………363
07	让干部评语"鲜活"起来	
	(《求是》2012年第16期)	………367
08	让"老黄牛"式的干部埋头不埋没	
	(《求是》2012年第1期)	………371
09	让热衷走门子的人没门	
	(《求是》2011年第9期)	………375
10	用干部要既看才更看德	
	(《求是》2010年第4期)	………378
11	看干部要既看功劳又看苦劳	
	(《求是》2009年第16期)	………382
12	树立人人都可以成才的观念	
	(《求是》2004年第5期)	………386

写在后面的话 ………391

01

跑出事业发展的"加速度"

(《人民日报》2023年4月10日)

改革开放蹄疾步稳,科技创新大潮澎湃,区域发展活力四射,乡村振兴气象一新……春日的中国,一派欣欣向荣,处处洋溢奋斗激情。

向着新目标,奋楫再出发。今年全国两会上,习近平总书记强调:"我们要只争朝夕,坚定历史自信,增强历史主动,坚持守正创新,保持战略定力,发扬斗争精神,勇于攻坚克难,不断为强国建设、民族复兴伟业添砖加瓦、增光添彩!"今年是全面贯彻党的二十大精神的开局之年。一年之计在于春,开局之年催人跑。在这片充满生机的大地上，奋跃而上、跑出事业发展的"加速度"，正当其时。

得有时不我待的意识。3年多来，面对百年来全球发生的最严重的传染病大流行，面临需求收缩、供给冲击、预期转弱三重压力，我们战胜了前所未有的困难和挑战，走出一条高效统筹疫情防控和经济社会发展的辩证之道。当前，世界百年未有之大变局加速演进，世界之变、时代之变、历史之变正以前所未有的方式展开。我国发展面临新的战略机遇、新的战略任务、新的战略阶段、新的战略要求、新的战略环境。开局决定走向，起跑关乎全程，工作开展贵在开好局、起好步。时间不等人，历史不等人。方此之际，尤应快马加鞭抢抓时间窗口，以"等不起、慢不得"的心态去抢时间，以"人一之我十之、人十之我百之"的姿态去抢时间，敢于担当、善于作为，继续发扬脱贫攻坚时的那股子劲、那股子气。

得有务实高效的举措。奋进不能仅凭一腔热血，还要有扎扎实实的方案、举措和办法。开年以来，宏观政策靠前发力、持续加力，微观措施加快落地、精准有力，各地出实招、鼓实劲，着力优化营商环境，为经营主体纾困解难、激活潜能，中国经济发展涌动着勃勃生机。跑出"加速度"，需要能力作支撑。面对艰巨繁重的各项任务，面对千头万绪的各方面工作，深调研、察实情，拿出切实可行、务实管用的办法，真正解难题、提效率，方能推动经济运行整体好转。

得有聚力奋进的行动。道虽迩，不行不至；事虽小，不为不成。美好的蓝图不会自动实现，而是仰赖于苦干实干、踏实奋斗。尤其是碰到矛盾和困难时，绝不能打退堂鼓、放不开手脚。春潮澎湃，万物生长，新起点上，起步即冲刺。新征程是充满光荣和梦想的远征，没有捷径，唯有实干。只争朝夕、不负时光，撸起袖子加油干，保持奋发有为的精神状态、真抓实干的工作作风，切实把推动高质量发展的要求贯彻到经济社会发展的全过程各领域，才能以实干实效交出高质量发展答卷。

蓝图恢宏，气吞山河；号角激越，催人奋进。跑出事业发展的"加速度"，体现责任和使命，彰显能力与担当。眺望前方，按下奋进的快进键，开足马力、奋勇争先，我们一定能创造新奇迹、成就新辉煌。

02

展现可信、可爱、可敬的中国形象

（《人民日报》2023年1月10日）

在近日圆满闭幕的"奋进新时代"主题成就展上，一张亮眼的图片，将观众带回2019年激荡亚洲的一晚。2019年5月15日，浩瀚夜空下，国家体育场"鸟巢"灯光璀璨，各国艺术家齐聚一堂、欢歌曼舞，为亚洲文明对话大会增添浓墨重彩的一笔。亚洲文化嘉年华等一组图文并茂、数据翔实的展板，让观众纵览10年来对外宣传工作取得的成就，真切感受到新时代中国的声音传得更好更远。

中国的国际形象需要由中国人去树立，讲好中国故事需要每一个中国人的努力。习近平总书记在党的二十大报告中指出："坚守中华文化立场，提炼展示中华文明的精神标识和文化精髓，加快构建中国话语和中国叙事体系，讲好中国故事、传播好中国声音，展现可信、可爱、可敬的中国形象。"

新时代中国正在进行的伟大实践，赋予我们自信与底气。全面建成小康社会，共建"一带一路"倡议，构建人类命运共同体理念……我们充分、鲜明地展现中国故事及其背后的思想力量和精神力量。贵州草海护鸟员、甘肃沙漠护林员，在帮助改善当地生态环境的同时实现自身脱贫；北京冬奥会国家速滑馆8500吨的钢结构，通过智慧制造完成精准设计和装配；菌草技术不断走出国门，在很多欠发达国家和地区得到推广……一个个鲜活的故事，生动展现今日中国的卓越成绩和造福世界的壮美画卷。今天，越来越多来自中国的好故事正在被国际社会熟识，开放而自信的中国在世界舞台绽放出别样光彩。

展现可信、可爱、可敬的中国形象，是一种责任。

匠心独运的场馆"冰丝带""雪如意"，活泼敦厚的"冰墩墩"和喜庆祥和的"雪容融"，开闭幕式上的二十四节气、黄河之水、中国结……每一处充满"中国味"的细节，都彰显了2022年北京冬奥的人文之美。这背后，凝结着无数人的智慧与汗水。中国形象体现在每个中华儿女的日常言行中，人人都是国家形象的代言人。我们应当增强志气、骨气、底气，争做精彩中国故事的主人公和讲述者。

展现可信、可爱、可敬的中国形象，是一种能力。习近平总书记强调："我们有本事做好中国的事情，还没有本事讲好中国的故事？我们应该有这个信心！"讲好中国故事，传播好中国声音，展示真实、立体、全面的中国，是加强我国国际传播能力建设的重要任务。我们应当进一步增强国际传播能力，在构建对外传播话语体系上下功夫，在乐于接受和易于理解上下功夫，让世界了解真实、立体、全面的中国；积极主动发声，将真实信息、真实故事源源不断地注入国际信息库，让正确的声音响亮起来。

展现可信、可爱、可敬的中国形象，是一种情感。

展现国家形象，是爱国主义情感的真情流露。"到那时，到处都是活跃跃的创造，到处都是日新月异的进步……"方志敏曾如此憧憬一个可爱的中国，如今已然化为灿烂的现实。对于祖国，身处这样伟大时代的每个中华儿女，没有理由不去用心礼赞和讴歌，没有理由不去用情告白和展现。

"当今世界，要说哪个政党、哪个国家、哪个民族能够自信的话，那中国共产党、中华人民共和国、中华民族是最有理由自信的！"新时代新征程，我们要充满自信和底气地讲好中国故事、传播好中国声音，让可信、可爱、可敬的中国形象走向世界，深入人心。

03

年轻干部要保持"早节"

（《人民日报》2022年8月16日）

九层之台，起于累土；千里之行，始于足下。对于一些年轻干部刚成为单位骨干或走上领导岗位就陷入贪腐的情况，习近平总书记曾深刻指出："不是晚节不保，而是早节就没保住。"为官从政，起步和开始十分重要。年轻干部要成长为党和人民忠诚可靠的干部，必须扣好廉洁从政的"第一粒扣子"，守住守牢拒腐防变防线。

一段时间以来，少数年轻干部"前脚刚踏上仕途，后脚就走入歧途"，才起步便摔倒，令人叹息。事实表明，腐败不分年龄。在2022年春季学期中央党校（国家行政学院)中青年干部培训班开班式上,习近平总书记强调:"年轻干部必须牢记清廉是福、贪欲是祸的道理,经常对照党的理论和路线方针政策、对照党章党规党纪、对照初心使命,看清一些事情该不该做、能不能干,时刻自重自省,严守纪法规矩。"语重心长的叮嘱,警醒广大年轻干部心存戒惧、守住底线,切不可铤而走险、以身试法。

务必注重防"小"。"千里之堤,溃于蚁穴。"俗话说,针尖大的窟窿能漏过斗大的风。小洞不补、大洞吃苦,日积月累、积少成多,今天的一点小问题,或许就会成为明日的大麻烦。小事不可小视,小节不可失节,必须不弃微末、防微杜渐,做到慎微、慎初、慎独,建"防火墙"、设"隔离带",坚决把"小火苗"挡在门外。

凡事贵在抓"早"。早发现、早纠正、早诊断、早治疗,可谓直面问题、解决问题的有效方法。这就需要经常进行自我体检,不被不良习气侵扰,不让私心杂念丛生,勇于从鲜花和掌声中走出来,敢于从"围猎"中突围出来。抓早、早抓,便可及时止损。应始终保持踔厉奋发、笃行不息的精气神,坚持扬正气、走正道,守住拒腐防变的防线。

在"严""实"上久久为功。年轻干部从一开始就得想清楚、弄明白从政"为什么、干什么、留什么",就得有大目标、大方向、大原则,而且一旦确定下来就要毫不动摇坚持下去。坚定理想信念,拧紧世界观、人生观、价值观这个"总开关",既严以修身、严以用权、严以律己,又谋事要实、创业要实、做人要实,让"严"与"实"成为自己人生的主基调,未来才能收获更好的成长。

今年2月,中办印发的《关于加强新时代廉洁文化建设的意见》明确指出,要培养廉洁自律道德操守,引导领导干部明大德、守公德、严私德,把廉洁要求贯穿日常教育管理监督之中,把家风建设作为领导干部作风建设重要内容。年轻干部是党和国家事业发展的希望,扣好廉洁从政的"第一粒扣子",勤掸"思想尘"、多思"贪欲害"、常破"心中贼",守住政治关、权力关、交往关、生活关、亲情关,保持共产党人本色,方能行稳致远。

(《人民日报》刊发时改标题为《扣好廉洁从政的"第一粒扣子"》)

年轻干部要防"心中贼"

(《人民日报》2022年3月21日)

"守住拒腐防变防线，最紧要的是守住内心，从小事小节上守起，正心明道、怀德自重，勤掸'思想尘'、多思'贪欲害'、常破'心中贼'，以内无妄思保证外无妄动。"在2022年春季学期中央党校（国家行政学院）中青年干部培训班开班式上，习近平总书记对年轻干部提出明确要求，语重心长的一席话，饱含殷殷期待，促人深入思考。

"天下之难持者莫如心，天下之易染者莫如欲。"心，思也。"心中贼"就是对事物认识的各种思想偏差，各种各样的私心杂念、贪欲。一个人心中想什么、怎么想,往往影响和决定着做什么、怎么做。

"心中贼"是个可怕的东西,它会到处捣乱。有一种说法,叫做"有贼心没贼胆",其实有很大的欺骗性和误导性。事实证明,倘若心中有"贼",则容易灵魂被"俘"、思想被"腐"、气节被"劫"、情怀被"盗";倘若"贼心"不死,轻则变得偷偷摸摸,干些见不得人的事,重则发展到自毁前程、害人害己。一些"东窗事发"的腐败分子不约而同地自我解剖:在与形形色色老板的接触中,内心逐渐失衡。"为什么我这么努力却过得清苦?""凭什么老板们赚钱那么容易?"类似问题堆积久了就会变成心魔,进而不断侵蚀着思想防线。欲望太强,会让人心烦意乱,直至扭曲变形、堕落变节。应当清醒认识到,年轻干部相对涉世不深,欠缺经历和经验,更容易被"贼"惦记、被"贼"光顾。因此,防"心中贼"、破"心中贼"更加紧要。

破"心中贼",重要的是勇于跟"贼"搏斗,直至将其从心中赶出去。人不是生活在真空里,难免有"心门"没关严关实的时候,都或多或少溜进过"贼"。心中有"贼"不可怕,可怕的是麻木不仁、熟视无睹,更可怕的是任其潜滋暗长、恣意妄为。应当保持警觉，经常注意"捉贼"，勤掸"思想尘"，及时进行思想"大扫除"。内心干净、透亮，"贼"便无立足之地。如此，"歪点子""坏办法""馊主意"就没有藏身之地，私心杂念、贪欲就没有滋生蔓延的条件。

破"心中贼"，根本在于心正、守正。"物格而后知至，知至而后意诚，意诚而后心正，心正而后身修，身修而后家齐，家齐而后国治，国治而后天下平。"有大目标、大追求，笃定前行、矢志不渝，关好自己的"门窗"，才能不给各种"贼"任何可乘之机。心正、守正，也就没有破不了的"心贼"。古人言："寡欲以清心。"少一点私心杂念，则多一份公而忘私；少一点个人欲望，则多一份超然洒脱。要让心灵成为清静自在的乐园，而非欲念深重的泥潭。从某种意义上说，少私寡欲是一种境界，也是一种修为，更是破"心中贼"的重要法宝。

"破山中贼易，破心中贼难"，"心中贼"是每名年轻干部必须时刻警觉并努力驱赶的"魔"。广大年轻干部练好内功、提升修养、增强本领，走好人生的每一步，方能成为可堪大用、能担重任的栋梁之材。

（《人民日报》刊发时改标题为《年轻干部要筑牢思想防线》）

05

重要的是"心上的任命"

(《人民日报》2021年12月23日)

随着各地换届工作陆续展开或完成,一批批干部经组织任命走上了新的领导岗位。有位老同志说得好:"这只是个开始,组织的任命在纸上,群众的任命在心上。"干部好不好,"一纸任命"是一种肯定,但是否合格、称职,更重要的是来自群众的认可与满意。

人民是我们党的工作的最高裁决者和最终评判者。党的十九届六中全会审议通过的《中共中央关于党的百年奋斗重大成就和历史经验的决议》指出:"民心是最大的政治,正义是最强的力量。党的最大政治优势是密切联系群众，党执政后的最大危险是脱离群众。"俗话说得好，金杯银杯不如群众的口碑，金奖银奖不如群众的夸奖。对于广大党员、干部特别是领导干部而言，敢于担当、善于作为，用实绩说话，才能赢得群众的信任。

相较于严格遵循程序进行的考察任用，群众的口碑、支持是无形的，却也是真实而持久的。现实中，绝大多数干部都能牢记"江山就是人民，人民就是江山"，践行以人民为中心的发展思想，也有极少数干部对来自群众的评价不太看重。有的觉得群众的看法和评价无关紧要，决定不了自己的升降去留；有的认为群众期望高、诉求多，要想得到他们的认可不容易，于是不积极主动地去追求；有的甚至内心委屈，认为自己常常"流了一身汗，还是不好看"，群众不领情；等等。其实，群众的认可与支持最真实、最宝贵，含金量高、得之不易，每一名干部都应孜孜以求。

只有把群众放在心上，群众才会把你记在心里。县委书记的榜样焦裕禄"心中装着全体人民，唯独没有他自己"，在群众心中的位置一直很高；孔繁森用行动证明"一个共产党员爱的最高境界是爱人民"，人民被他深爱着,人民也永远深爱着他;"用生命诠释忠诚"的优秀公安局长潘东升坚守人民公安为人民,人民群众同样记着他、怀念着他。干部只有始终把群众放在心中最高位置,才能真正赢得口碑、赢得信任。

要让群众说好,干部得先干好。群众心中有杆秤,群众的眼睛是雪亮的。干部干部,就是要干字当头、干字为先。避事不干事、怕事不担当,花言巧语、花拳绣腿,群众自然不买账,也不会有好言好语。要让群众满意,得先让群众受益。"当代愚公"黄大发矢志不移带领群众挖山不止,开凿出"人工天河",造福了当地百姓;"校长妈妈"张桂梅不图名利,帮助2000多名山区女孩走出大山,圆了大学梦;"将军之子"廷·巴特尔40多年扎根草原,带领牧民走共同富裕道路……他们让群众看到了变化、得到了实惠,因此受到大家欢迎。干要干在实处,这个实处就是群众的需要,就是民心。以百姓心为心,经常问需于民、问计于民,把群众的"急难愁盼"、安危冷暖时刻放在心上、抓在手上,为群众带来实实在在的获得感,这样的干部,自然能够收获好口碑。

群众的认可是一种真情流露,来之不易。它源自老百姓对干部长时间的观察、了解，是从实践中来的，更是从切身感受中来的。对此，每一名干部都应细思之、笃行之。

（《人民日报》刊发时标题改为《群众的认可最宝贵》）

06

还债"填窟窿"也是政绩

（人民日报客户端2021年11月15日）

眼下，地方各级领导班子已经或正在进行换届。新班子组建后都会思考和谋划怎么有新作为、新气象。有的开展调研学习，从发动思想入手，充分调动大家的积极性、主动性、创造性；有的开始着手制定新的发展计划，提出新的思路、措施和办法；也有的雷厉风行搞招商、上项目、抓投入；等等。这些都是好现象，值得鼓励和肯定。

然而，有一个问题从一开始就值得注意并思考，那就是对于前任抑或是一任接一任、一届接一届延续下来的债务究竟怎么看？怎么办？从现实中看，一些人不愿也不敢去接这个烫手山芋，在还债"填窟窿"问题上基本持不愿担当、不敢作为的态度，甚至没兴趣、没动作。究其原因，不愿者总觉得还债"填窟窿"看不见、摸不着，是潜绩，甚至只是给前任或往届"擦屁股"，为他们"抹平""贴金"，在这上面下功夫不划算、不值得；而不敢者则害怕"债务"这笔账水太深，"窟窿"太大，不好还、不易填，说不定里面还夹杂着错综复杂的利益纠葛，剪不断理还乱，弄不好自己深陷其中，到头来"赔了夫人又折兵"，吃力不讨好，所以人家让它"挂"着，我也让它"挂"着，犯不上冒这个险、蹚这趟水；等等。于是，抱着不去沾、不去惹、不去碰的态度，能躲则躲、能避则避，不到万不得已不去解决。"为官避事平生耻。"在还债"填窟窿"上的不愿不敢，往大处说背离了初心使命，是一种典型的不担当不作为；往小处讲则失职失守，是一种十足的明哲保身，有害无益。

树立正确的政绩观是关键。政绩观是动力源。如今干部都有强烈的政绩冲动，渴望自己任上大干一场，这当然是件好事。问题是，政绩观不能只盯着那些看得见、摸得着的显绩，甚至演变成"干部政绩高与低，只看GDP"。正确的政绩观要既看显绩、又看潜绩，既看近绩、又看远绩，既看硬绩、又看软绩，而还债"填窟窿"就是潜绩、远绩和软绩。树立不了还债"填窟窿"也是政绩的观念，这事就没人想干愿干。

树立正确的名利观是实质。说到底，政绩观背后折射出的是名与利。太过看重个人名利的人，政绩观就会"近视""短视"，会掺杂太多的私心杂念，直至走形变样。倘若把我们的名利观建立在"功成不必在我"，但"功成必定有我"上，就会淡泊名利、放小自我，就会我将无我、不负人民。还债"填窟窿"是需要一点自我牺牲精神的。"新官不理旧账"，说轻点是喜功却不愿担责的表现，说重点是失信于民的反映。这些年，决不能"新官不理旧账"这一提法连续写进了《政府工作报告》，这已经上升到了党和政府公信力的高度。

确立科学的考核指标体系是根本。考核向来是根有效的指挥棒，你考什么他干什么、你不考什么他则不干什么。这么多年来，一些地方大兴土木，特别是举债搞建设，欠下了一些债务，是毋庸讳言的事实。从某种意义上讲，还债"填窟窿"相比创造新政绩可能要付出更艰辛的努力。债务不去主动清欠，则永远在那里，而且日积月累会债台高筑，甚至造成债务缠身、债务危机，直至积重难返。考核这个层面就是要起到鼓励他们去清、引导他们去清的杠杆作用，真正把还债"填窟窿"也是政绩的理念和实践纳入考核指标体系中去。

当然，既要倡导还债"填窟窿"，更要鼓励大力抓发展，家底厚实了，还债"填窟窿"才有底气。还债"填窟窿"也是政绩，这既是信号，更是导向。对于债务窟窿，回避不是办法，躲避没有出路，摸清底数、拿出底牌，以负责任敢担当的勇气和作风去面对它，想办法、动脑筋，就能有所为、见成效。

（转载自《学习时报》2021年11月15日）

07

正确看待和使用"不粘人"干部

（人民日报客户端2021年10月14日）

习近平总书记离开上海到中央工作后，在一次聊起对上海干部的评价时说，上海的干部"不粘人"。意思是说，不会谄媚地"贴近"领导、拼命地"巴结"领导，而是比较务实。这句评价，既是对上海干部的肯定和鼓励，也明确了一种重实干、重实绩的选人用人导向。

现实中，常常有这样一些人，他们跟领导和同事的关系简简单单、清清爽爽、干干净净、明明白白，更多的是保持着一种"无声的联系"，对领导不搞"贴靠"、不去"巴结"，也不善"套近乎"，对同事不去拉拉扯扯、吃吃喝喝，搞吹吹拍拍、拉帮结伙，平日里多半埋头干事、不会来事，只琢磨事、不琢磨人，这就是那种被称之为"不粘人"的人。"不粘人"是一种性格，更是一种品格。"不粘人"的干部追求的是实干实绩的价值目标，崇尚的是独立自主的人格风范，奉行的是高洁清爽的思想作风，实属难能可贵、难得可嘉。

　　正确看待"不粘人"的干部，真正对他们有一个清醒的认知。大凡"不粘人"的干部，往往有鲜明的独立个性、独立人格和独特思想，常常有明确的处世原则。他们普遍反感乃至厌恶拉拉扯扯、吹吹拍拍那一套庸俗的人际关系，从内心抵触和鄙视那些迷失自我、缺失尊严的阿谀奉承，往往被有些人看成是骄傲、清高、作派和自以为是，被说成是不合群、不近人情、格格不入和不明事理，甚至被嘲讽成古怪、呆板、迂腐和另类，等等。人皆有性格，只要不是思想意识上的不对路，不是立场观点上的不合拍，就应该允许并包容它的合理存在，不求千篇一律、千人一面。特别是，当下鼓励和倡导构建清清爽爽、简简单单、明明白白、干干净净的同志关系，人与人不妨多些"无声的联系"，"不粘人"恰好是这种方式的一种合理存在。"不粘人"表面上看似乎只是人与人的一种交往方式，实质上折射出不同的人生观、价值观和利益观。"不粘人"不失为一种清醒自觉、一种清新脱俗。

合理使用"不粘人"的干部，真正不让老实人吃亏、不让本分人边缘化。事业是干出来的，只会来事不会干事，最终无济于事，而只有把那些真正会干事、善于解决矛盾的干部用起来，让"不粘人"的干部吃苦不吃亏、受累不受气、埋头不埋没，直至让他们有市场、有价值，成"香饽饽""抢手货"，正确的用人导向也就立了起来，好的政治生态也就养成了。事实上，有的人更愿意把心思和精力用在工作上，作为领导和组织，对这种"不粘人"的干部要主动地去"亲疏者，疏亲者"，不能让"不粘人"的干部受冷落、被歧视。

"不粘人"是一种难能可贵的不贴靠、不巴结，是一种好的品质，这样的干部理应得到正确的看待和合理的使用。

（转载自《学习时报》2021年10月13日）

08

讲原则不讲面子

（《人民日报》2021年9月23日）

习近平总书记指出："党的干部都要有秉公办事、铁面无私的精神，讲原则不讲面子、讲党性不徇私情。"坚持原则是具体的，体现于日常工作生活的方方面面。年轻干部要想成为可堪大用、能担重任的栋梁之材，就必须从细节做起，敢于坚持原则、勇于讲原则，不能被所谓面子问题所困。

不以规矩，不能成方圆。原则就是规矩和准则，意味着必须始终恪守的底线、不能踩踏的红线。回溯党史，在老一辈革命家和无数先锋模范人物身上，讲原则是讲党性的一个集中体现。对中国共产党人而言,原则问题从来都是安身立命、为人处世的大问题,来不得半点马虎,容不得丝毫含糊。

在某种意义上,讲原则最大的敌人,就是各种各样的私情和面子。现实生活中,有的人习惯"说好话""好说话",搞一团和气,成了不顾原则、丢弃原则的"好好先生";有的人"酒杯一端,政策放宽""枕边风一吹,耳朵根就软",过不了人情关、面子关,成了"通情达理"的"温良绅士";有的人不敢坚持正确的主张和意见,总是碍于他人的情面,习惯于顺风跑、顺杆爬、顺着说,态度暧昧、缩手缩脚,成了风吹两边倒的"墙头草";等等。"盖天下之事,不难于立法,而难于法之必行;不难于听言,而难于言之必效。"原则是方向、规矩、底线,讲原则不讲面子,就应知行合一、不弃微末,从一点一滴做起,用行动诠释"法之必行""言之必效"。

讲原则不讲面子,必须敢于说"不"。讲原则,就要在是与非、对与错、好与坏、公与私等问题上,勇于亮明自己的态度、立场和观点;对则对、好则好、行则行,不躲闪、不回避、不暧昧。党的十八大以来,一些落马的领导干部在忏悔时表示，最初收受贿赂就是"碍于情面"。因为面子丢掉是非原则，最终害人害己，这样的教训何其深刻！邓小平同志曾说："不讲党性，不讲原则，说话做事看'来头'、看风向，满以为这样不会犯错误。其实随风倒本身就是一个违反共产党员党性的大错误。"事实证明，在原则问题上无路可退，一退则自乱方寸，危害甚深。

讲原则不讲面子，还要勇于去"私"。心底无私天地宽，真正讲原则的人，总是能够捧着一颗公心、不夹杂私利，任何情况下都始终做到没有私心、不徇私情。反过来讲，一旦私心杂念作祟、歪风邪气附身，原则的堤坝就极易溃败。毋庸讳言，坚持原则会得罪人，但为了事业、为了正气，就得拉得下面子、抹得开情面，敢于"唱黑脸"，做到既在大是大非面前讲原则，又在小事小节中讲原则。关键时刻讲原则不讲面子，才是真正的大义所在。

坚持原则是共产党人的重要品格，是衡量一个干部是否称职的重要标准。原则问题上的铁面，是真正的情面；原则问题上的不让步，方是进步。

09

奥运风采凝聚奋进力量

(《人民日报》2021年8月18日)

在第三十二届夏季奥林匹克运动会上，中国体育健儿以骄人成绩让五星红旗一次次升起，"中国力量""中国速度""中国风采"令人瞩目。

透过奥运这扇窗口，人们看到蓬勃向上的青春力量。青年是整个社会力量中最积极、最有生气的力量，国家的希望在青年，民族的未来在青年。参加这届奥运会的中国体育健儿，平均年龄只有25.4岁。首金得主杨倩、三跳满分的全红婵、举重纪录创造者李雯雯……"00后"选手闪耀奥运舞台。他们热情洋溢、敢拼敢赢，为祖国赢得荣耀，也绽放了青春光彩。奥运赛场上青春飞扬的面庞，映照着国家的生机与活力、兴旺与朝气。

透过奥运这扇窗口，人们感受昂扬向上的精气神。奥运比赛是能力的较量，也是意志的比拼、精神的展现。中国女排主教练郎平对姑娘们说："昂起头来，我们打的是一种体育精神。"1964年，一份关于大庆石油会战情况的报告提到，"对一个国家来讲，就要有民气""一个国家有了民气，就能傲视和排除各种困难，不屈服于来自各方面的压力，自力更生，奋发图强，屹立于世界民族之林"。今日中国，民气旺盛，信心百倍，在长期历史进程中积累起来的强大能量正在充分释放。特别是经过抗击新冠肺炎疫情斗争和脱贫攻坚战，我们蓄积起的那股子气、那股子劲，更是势不可挡。

中国运动员以硬实力讲述着一个发展中大国的拼搏故事，以自信和自强标注了国家发展进步的新刻度。犹记1932年，刘长春参加洛杉矶奥运会时，孤独一人站在跑道上，在所参加的两个项目小组赛上均是最后一名。如今，"亚洲飞人"苏炳添跑出了令人惊叹的"中国速度"。从积贫积弱的旧中国，到蒸蒸日上的新时代，画面对比鲜明，变迁引人思考。这次奥运会上，中国运动员在多个项目上打破世界纪录、创造奥运会纪录。一次次突破、一项项纪录，创造着新的历史，折射着日渐增强的综合国力。

体育从一个侧面书写着国家和民族的奋斗历程，也提供了一扇观察国家前途与命运的窗口。中国体育健儿在赛场上的拼搏精神，必将激励亿万人民攻坚克难、勇往直前，汇聚起同心筑梦、团结奋斗的磅礴力量。

10

"崇尚严于律己的品德"

（《人民日报》2021年6月18日）

国无德不兴，人无德不立。一个人的品德，刻印于做人做事的细节，彰显于具体而微的点滴，关乎精神气质、格局境界。

习近平总书记在青海考察时指出："要崇尚严于律己的品德，广大党员、干部要慎微慎独，清清白白做人、干干净净做事，努力做一个高尚的人、一个纯粹的人、一个有道德的人、一个脱离了低级趣味的人、一个有益于人民的人。"殷殷嘱托、切切期望，给人以深刻思考。

保持清醒和自觉，时刻严格约束自己，是一种高尚素养与修为。"吾日三省吾身""君子求诸己，小人求诸人""律己则寡过，绳人则寡合"……古往今来，严于律己、以高标准要求自我，成为无数仁人志士的追求。对于广大党员、干部来说，"修己以安人"尤为重要。正所谓："不能正其身，如正人何？"

严于律己，"严"的是政治品质、纪律规矩，"律"的是思想操守、道德修养。1954年，有人请毛泽东同志推荐柳直荀烈士遗孀李淑一去文史馆当馆员。他严格按规章制度办事，考虑到"文史馆资格颇严"，作出了"未便再荐"的决定，最终以自己的稿费相助。周恩来同志有一次去北戴河，让身边工作人员给图书馆打电话借阅世界地图和相关图书，被告知不能外借，他便冒雨来到图书馆阅览室查看资料，还称赞图书管理员：没有章程制度办不好事。党史上的故事，展现了老一辈无产阶级革命家严于律己、宽以待人的崇高德行风范。今天，广大党员干部更应深刻认识到，严于律己须手握戒尺、加强自律，让"严"的品质真正内化于心、外化于行。

严于律己，就要心存敬畏、行有所止。历史上，东汉杨震面对故人贿赂和"暮夜无知者"的说辞，留下了

"四知拒金"的美谈。对权力存有畏惧之心,增强"如履薄冰,如临深渊"的自觉,牢记责任重于泰山,才能丝毫不敢懈怠、丝毫不敢马虎,夙夜在公、勤勉奉献。慎终如始,时刻自重自省自警自励,做到慎独慎初慎微慎友,才能清清白白做人、干干净净做事、堂堂正正做官。"胜人者力,自胜者强。"罗阳、邹碧华、廖俊波、黄大年……新时代一个个闪亮的名字,皆可谓"自胜者"的典范。一个人越是在无人监督之时,越要谨慎从事、自我完善,胸怀强烈的使命感和责任感,保持奋发有为、开拓进取的精神状态。

严于律己,就要知行合一、表里如一,让严与实成为人生厚重的底色。习近平总书记多次强调,领导干部要严以修身、严以用权、严以律己,谋事要实、创业要实、做人要实。这些要求是共产党人最基本的政治品格和做人准则,也是党员、干部的修身之本、为政之道、成事之要。追忆"县委书记的榜样"焦裕禄同志,从"吃别人嚼过的馍没味道",到"革命者要在困难面前逞英雄",再到"任何时候都不搞特殊化"……他对自己处处要求严、始终苛求实,把宗旨意识贯注到工作、事业、生活的方方面面。修身律己永远在路上。作为一名共产党员，践行"三严三实"，让"严"的精神、"实"的作风成为思想品格、行为习惯，应当是一辈子的事。

"滴水穿石，一滴不可弃滞。"严于律己，贵在一以贯之，难在坚持不懈。牢记人民的利益高于一切，崇尚严于律己的品德，像珍惜生命一样珍惜自己的节操，不弃微末、久久为功，做一个一尘不染的人，我们就能在新征程上激昂精神、迸发力量、勇毅前行。

"多交几个能说心里话的基层朋友"

（《人民日报》2021年3月25日）

交朋结友，并非小事。交什么友、怎样交友，更是为官从政的一道现实考题。

"要拜人民为师，甘当小学生，特别要多交几个能说心里话的基层朋友，这样才有利于了解真实情况，才有利于把工作做好。"在2021年春季学期中央党校（国家行政学院）中青年干部培训班开班式上，习近平总书记发表重要讲话，勉励年轻干部立志做党光荣传统和优良作风的忠实传人，在新时代新征程中奋勇争先建功立业。语重心长的嘱托，为广大党员干部特别是年轻干部点亮了一盏指路明灯。

"知屋漏者在宇下，知政失者在草野。"认识一个真实的中国，离不开基层视角、基层情怀。基层朋友如同一扇窗，从他们那里可以看到"田野""山川"和"乡愁"；如同一本书，可以读到不一样的世界；如同一面镜、一把尺，可以正衣冠、照美丑，辨高下、量长短。广大基层朋友沉在一线，与他们交朋友，能够察民情，感知群众的"急难愁盼"，也感受基层干部的所思所虑。多交几个能说心里话的基层朋友，正是坚持密切联系群众的生动体现。

对于广大党员干部特别是机关单位的年轻干部来说，不妨扪心自问，"朋友圈"里到底有多少基层朋友？又有几个能够促膝谈心、可以掏心窝子的基层朋友？不必讳言，有的年轻干部属于从家门到校门再到机关门的"三门干部"，不但基层朋友少，能说心里话的基层朋友更少。有些干部注重结交基层朋友，但也只是满足于一般化地打交道，难言深度交流。"朋而不心，面朋也；友而不心，面友也。"身边没有几个能无话不谈的基层朋友，就容易不接地气，不利于更好地察民情、知对错、明得失。交友贵在知心，难在交心。正所谓，"相识满天下，知心能几人""人生得一知己足矣"。能不能交几个可以说心里话的基层朋友，关键就看愿不愿、会不会、敢不敢。

愿不愿，在于是真心实意、全心全意，还是虚情假意、半心半意。真心才能换来真话，真情才能赢来交情。只有以心换心、坦诚相见，掏心窝才有思想和感情基础。

会不会，在于讲求方法、善用技巧。最好的方法莫过于"跑"基层，既走近、更走进基层干部群众。焦裕禄、谷文昌、孔繁森、廖俊波……那些赢得百姓内心认可的领导干部，都是爱往基层跑、被群众称赞的"自家人"。把群众当家人而不是旁人、当自己人而不是外人，同坐在一条板凳上，才能真正促膝谈心。交流过程中，还需要改进自己的话语风格。应当多讲些沾露珠、冒热气、接地气的大白话，多讲些能引起共鸣的群众语言，少讲官话套话虚话，不能讲空话谎话假话。

敢不敢，在于走群众路线的决心与恒心。俗话说，话不投机半句多。当基层朋友不愿或不敢跟你说心里话时，当自己一再吃闭门羹时……多一些换位思考，勇于反思自己的责任，努力找到"不投机"的病根，锲而不舍、久久为功，才能架起与群众心灵相通的桥梁。

12

"站在最广大人民之中"

(《人民日报》2021年3月16日)

"只要我们党始终站在时代潮流最前列、站在攻坚克难最前沿、站在最广大人民之中，就必将永远立于不败之地。""一定要警示我们的各级领导干部，要始终牢记自己永远是人民的公仆。"无论是在2021年春节团拜会上，还是在全国两会期间，习近平总书记关于党与人民关系的重要论述，昭示了共产党人的人民观、发展观，给予我们深刻启迪。

站位既是定位又是方位，它决定着一个人的立场、态度与感情，也影响着一个人的取向、方向与走向。站偏站错了容易走斜走歪，站正站对了才能走远走好。江山就是人民，人民就是江山。我们党的百年历史，就是一部践行党的初心使命的历史，就是一部党与人民心连心、同呼吸、共命运的历史。"站在最广大人民之中"，体现出党与人民的鱼水关系，体现出党员干部心中有民、务实为民的初心宗旨和使命担当。

怎样才是"站在最广大人民之中"？关键在于深刻认识党的性质宗旨，坚持一切为了人民、一切依靠人民，始终把人民放在心中最高位置、把人民对美好生活的向往作为奋斗目标。习近平总书记强调，"共产党的干部要坚持当'老百姓的官'，把自己也当成老百姓，不要做官当老爷"。对广大党员干部来说，应当把根扎在群众中，同呼吸、共命运，手牵手、心连心，脚要沾泥、手要沾灰，一起干、一块苦；把心留在群众中，急群众之所急、想群众之所想，把群众的大事小情挂在心上、抓在手上，一件一件地办实、办好；把爱撒到群众中，像孔繁森那样诠释"一个共产党人爱的最高境界是爱人民"，带着感情去为群众办实事、办好事。

谁把人民放在心上，人民就把谁放在心里。从长征绘就的"红飘带",到小车推出的淮海战役胜利,无不显示出人民群众蕴藏的伟大力量。在新冠肺炎疫情防控中,从重症病房到科研院所,从城乡社区到工厂车间,党领导人民风雨同舟、众志成城,构筑起疫情防控的坚固防线。广大党员干部"站在最广大人民之中",把人民放在心中最高位置,一定能进一步密切党同人民群众的血肉联系,在新征程上汇聚起强大奋进力量。

讲好中国扶贫故事

(《人民日报》2021年1月6日)

在不久前召开的中央农村工作会议上,习近平总书记强调:"贫困地区发生翻天覆地的变化,解决困扰中华民族几千年的绝对贫困问题取得历史性成就,为全面建成小康社会作出了重大贡献,为开启全面建设社会主义现代化国家新征程奠定了坚实基础。"

中国扶贫是了不起的人间奇迹,是人类历史上亘古未有的伟大壮举。改革开放40多年来,中国7亿多人摆脱贫困,对世界减贫贡献率超过70%。特别是进入新时代以来,以习近平同志为核心的党中央组织实施了人类历史上规模最大、力度最强的脱贫攻坚战，取得了令世界刮目相看的重大胜利。习近平总书记强调："脱贫攻坚不仅要做得好，而且要讲得好。"中国为什么扶贫？为谁脱贫？怎么脱贫？脱贫后怎么办？把这些内容通过生动感人的故事向世人说清楚、讲明白，才能让世界更加全面、系统、深刻地理解中国共产党治国理政的大逻辑，理解中国广大党员干部践行初心使命的大担当。

中国扶贫故事见担当作为、见情怀境界。用生命照亮扶贫路的黄文秀，绝壁上用血肉之躯凿出"天路"的毛相林，带牧民过上好日子的"草原之子"廷·巴特尔，"把信仰种进石头里"的周永开，"用人性的光芒照亮别人"的张桂梅……无数党员干部舍小家、顾大家，为百姓脱贫殚精竭虑、笃定前行。讲好中国扶贫故事，就是要讲好中国共产党为人民谋幸福的责任担当，讲好党员干部为百姓谋福祉的公仆情怀，讲好人民群众对中国共产党的感恩之心。

中国扶贫故事能否讲好，关键在于"情"。许多扶贫故事都荡气回肠、波澜壮阔，带着感情去讲，讲出感情来，用真情实感串起扶贫历程中一个个感动瞬间和细节，就可以让读者和公众受到感染、获得感悟。扶真贫、真扶贫是扶贫故事的主题主线,用真情讲出扶贫之无疆大爱、用真心讲出扶贫之天下仁心,才无愧于中国扶贫这项壮丽事业。

中国扶贫的重大胜利,不是从天上掉下来的,更不是谁赐予的,而是在中国大地上"土生土长"出来的,是中国共产党带领全体人民砥砺奋进的结果。讲好中国扶贫故事,必将有助于让世界更深刻全面地了解中国,也必将激励我们在新征程新阶段取得更多更大的发展成就。

14

保持"历史耐心"

(《人民日报》2020年12月8日)

进一步推动京津冀协同发展有关工作,加强对黄河流域生态保护和高质量发展的领导,推动长三角一体化发展不断取得成效……"十三五"时期,以习近平同志为核心的党中央谋划部署一系列重大国家战略,不仅完善了新时代改革开放的布局、增强了高质量发展的动能,也树起了既谋划长远又干在当下的实干风范,展现出非凡的历史耐心和战略定力。

党的十八大以来,习近平总书记在京津冀协同发展座谈会、扎实推进长三角一体化发展座谈会、全面推动长江经济带发展座谈会等重要场合，多次强调要保持"历史耐心"。历史耐心是一种时间观、事业观：从时间观上说，是用实功实效对历史负责，不驰于空想，不骛于虚声；从现实实践看，要笃实干事、久久为功，不急躁冒进，不急于求成。历史耐心意味着政贵有恒、不急不躁，只争朝夕地干而又不只看朝夕成败，淡定从容又持续不断地有所作为。保持历史耐心，就要鼓实劲、出实招、办实事、求实效，一张蓝图绘到底，一茬接着一茬干。

我们党自成立以来，作出一个个伟大的历史性贡献，创造一笔笔丰厚的历史功绩，靠的正是历史耐心。那些具有标志性和里程碑意义的奋斗实践，从建设三峡工程、南水北调、西气东输等重大工程，到决胜全面建成小康社会、决战脱贫攻坚，都是发扬钉钉子精神、保持历史耐心持续推进的结果。正如习近平总书记强调的，"伟大梦想不是等得来、喊得来的，而是拼出来、干出来的"。今天，中国正行进在中华民族伟大复兴之路关键一程上，从全面建成小康社会到基本实现现代化，再到全面建成社会主义现代化强国，远大理想、宏伟蓝图都需要脚踏实地的改革、开放、创新来成就。

保持历史耐心,并非一味等待、无所作为,而是要以负责任的态度积极作为、乘势而上。历史和现实告诉我们,缺乏历史耐心容易违背实践规律,心浮气躁、急功近利不仅难以干成事,反而会受其拖累。保持历史耐心,意味着要有不贪功好利的清醒自觉,要有锲而不舍、积小胜为大胜的意志品质。保持历史耐心得有"功成不必在我、功成必定有我"的胸襟和境界,牢固树立正确的政绩观、发展观;得有"千磨万击还坚劲,任尔东西南北风"的定力和韧劲,踩着自己既定的步伐,百折不挠去奋斗;得有"不畏浮云遮望眼""乱云飞渡仍从容"的眼光和坚毅,善于登高望远,勇于爬坡过坎。

不久前,党的十九届五中全会审议通过了《中共中央关于制定国民经济和社会发展第十四个五年规划和二〇三五年远景目标的建议》,这是开启全面建设社会主义现代化国家新征程、向第二个百年奋斗目标进军的纲领性文件。开启新征程,我们保持历史耐心,用接续不断的奋斗绘就蓝图,用对子孙后代负责的态度苦干实干,就能不断朝着既定奋斗目标砥砺前进。历史潮流浩浩荡荡,那些具有历史耐心的奋斗,必将积淀成经得起历史和人民检验的千秋伟业。

15

组织优势是制胜法宝

(《人民日报》2020年9月23日)

"抗疫展现中国高效动员力、组织力、协调力。"一位学者这样评价中国战疫。全国抗击新冠肺炎疫情斗争之所以能取得重大战略成果,一个根本政治保障在于我们党拥有上下贯通、执行有力的严密组织体系。

习近平总书记在全国抗击新冠肺炎疫情表彰大会上深刻指出:"抗疫斗争伟大实践再次证明,中国共产党所具有的无比坚强的领导力,是风雨来袭时中国人民最可靠的主心骨。"在新冠肺炎疫情防控中,我们党充分发挥总揽全局、协调各方的领导核心作用,把各级各地各方面组织调动起来、把广大党员凝聚起来、把亿万群众动员起来,构筑起疫情防控的坚固防线。从战洪水、防非典、抗地震,到化危机、应变局、抗疫情,历史和现实充分表明,坚持和完善党的领导,抓好党的组织体系建设,就能把广大人民群众紧紧团结在党的周围,从容应对各种复杂局面和风险挑战。

严密的组织体系,是马克思主义政党的优势所在、力量所在。回顾我们党走过的近百年征程,注重发挥组织的作用是一个鲜明特征。党的二大通过的《关于共产党的组织章程决议案》开宗明义地讲到,党不是"知识者所组织的马克思学会",也不是"少数共产主义者离开群众之空想的革命团体",而应当是"无产阶级中最有革命精神的广大群众组织起来为无产阶级之利益而奋斗的政党"。今天,我们党建立了包括党的中央组织、地方组织、基层组织在内的严密组织体系,其中地方党委3200多个,党组、工委14.5万个,基层党组织468.1万个。这是世界上任何其他政党都不具有的强大优势。

在抗疫斗争中,以习近平同志为核心的党中央坚持把人民生命安全和身体健康放在第一位,中央政治局常委会、中央政治局召开21次会议研究决策，领导组织党政军民学、东西南北中大会战，形成了全面动员、全面部署、全面加强疫情防控的战略格局。面对当今世界百年未有之大变局，面对错综复杂的国内外风险挑战，人们深刻认识到：维护习近平总书记党中央的核心、全党的核心地位，维护党中央权威和集中统一领导，是推动新时代中国特色社会主义不断发展前进的根本政治保证。

如身使臂，如臂使指。党的全面领导、党的全部工作要靠党的坚强组织体系去实现。从重症病房争分夺秒的救治，到城乡社区挨家挨户的排查；从工厂车间加班加点的生产，到科研实验室夜以继日的攻关……面对疫情，3900多万党员干部不分昼夜，460多万基层党组织高效运转，近400名党员干部献出生命，充分展现了共产党人的担当和风骨。新征程上，我们必须贯彻落实好新时代党的组织路线，有效实现党的组织和党的工作全覆盖，把各级党组织建设成为实现党的领导的坚强战斗堡垒，使广大党员在改革发展稳定中充分发挥先锋模范作用。

大风泱泱，大潮滂滂。实现中华民族伟大复兴，最根本的保证还是加强党的全面领导。党的中央组织、地方组织、基层组织都坚强有力,充分发挥作用,党的组织体系的优势和威力就能充分体现出来,中国人民就没有过不去的坎、战胜不了的困难。

16

奋斗，成功者的"通行证"

（《人民日报》2020年7月16日）

"前进的道路从不会一帆风顺，实现中华民族伟大复兴的中国梦需要一代一代青年矢志奋斗。"近日，习近平总书记给中国石油大学（北京）克拉玛依校区毕业生回信，肯定他们到边疆基层工作的选择，鼓励全国广大高校毕业生不畏艰难险阻，勇担时代使命，把个人的理想追求融入党和国家事业之中，为党、为祖国、为人民多作贡献。志存高远，脚踏实地，奋斗正是青春的主旋律。

事业是实干出来的，幸福是奋斗出来的，青春的样子就是奋斗的样子。从"书山有路勤为径，学海无涯苦作舟"的良训，到鲁迅先生"把别人喝咖啡的时间"用来写作的努力，都反复揭示一个简单而又深刻的道理：踏踏实实、努力奋斗才是成功的秘诀所在。世上有没有随随便便的成功？有没有轻轻松松的捷径？茅以升的话就是最好的回答："勤奋就是成功之母。"天上不会掉馅饼，种瓜得瓜，种豆得豆，有什么样的奋斗就有什么样的人生。离开了奋斗，寸步难行，一事无成。

人是要有点精神的，奋斗精神是成功者永不过期的通行证。巴金说过："奋斗就是生活，人生只有前进。"奋斗精神就是吃苦受累、敢闯敢试的精神；就是胜不骄败不馁、愈挫愈奋的精神；就是无惧无畏、一往向前的精神；就是踏实勤勉、一步一印的精神。奋斗会有成功，也会有失败。网络上有这样一句发人深省的话：比起成功学，我们更该学习"失败学"。"志不求易者成，事不避难者进。"从挫折中走出来、在失败中站起来，不忘失败、不怕失败，便是生活的强者，便是奋斗精神的意义。

奋斗不是喊口号，而应见诸具体行动，提高奋斗本领对奋斗本身而言至关重要。同样是努力奋斗，有的取得了成就、获得了成功，而有的却无功而返，这说明奋斗并非一味地蛮干。苦熬不如苦干，蛮干不如巧干。奋斗必须讲究方式方法，尊重事物发展的特点和规律。方法得当事半功倍，方法不当事倍功半。所有的成功都离不开奋斗，但不是所有的奋斗都能成功，只有不断提高奋斗的能力和水平，苦干、实干加巧干，才能最终获得成功。

回答好"为什么要奋斗"，还得解决好"为谁而奋斗"的问题。为高尚事业而奋斗不已，是人世间最崇高的风范。有人说得好："人类的幸福和欢乐在于奋斗，而最有价值的是为理想而奋斗。"马克思在青年时期就树立起这样的志向："如果我们选择了最能为人类而工作的职业，那么，重担就不能把我们压倒，因为这是为大家作出的牺牲；那时我们所享受的就不是可怜的、有限的、自私的乐趣，我们的幸福将属于千百万人，我们的事业将悄然无声地存在下去。"为远大的而不只是眼前的目标而奋斗，为他人幸福而不只是个人一时的名利去奋斗，成功的意义将更加辽阔。

奋斗的国家正青春，奋斗的生命最美丽。始终不渝的奋斗意识，让奋斗者充满力量、充满快乐，最终抵达成功的彼岸。让我们一起英勇奋斗，排除万难，争取成功。

17

心系"国之大者"

(《人民日报》2020年6月30日)

　　习近平总书记在陕西考察和在看望参加全国政协十三届三次会议的经济界委员时,先后强调"对国之大者要心中有数"。这一重要指示要求如黄钟大吕令人警醒,各级领导干部当内化于心、外化于行,慎思之、践行之。

　　习近平总书记强调,"对国之大者要心中有数,关注党中央在关心什么、强调什么,深刻领会什么是党和国家最重要的利益、什么是最需要坚定维护的立场"。"大者"关乎全局、关乎长远、关乎根本,而"国之大者"

则事关方向方位、事关关键要害、事关行稳致远。始终心系"国之大者"，方可不迷惘、不慌乱、不趔行，方可站位高、视野宽、胸襟广，方可有大格局、大担当、大作为。

心系"国之大者"，就要对党中央在关心什么、强调什么，对人民群众期待什么想得透、做得实。我们党是以共同理想信念组织起来的马克思主义政党。对党中央关心的重大问题、作出的重大决策、展开的重大部署和交办的重大任务等，全党同志必须心往一处想、劲往一处使。与增强"四个意识"、坚定"四个自信"、做到"两个维护"相背离的事情，必须坚决反对、坚决纠正。民之所向，党之所求。面对人民群众对美好生活的向往，广大党员干部要坚持以人民为中心的发展思想，想群众之所想，急群众之所急，始终把人民的安居乐业、安危冷暖放在心上。

心系"国之大者"，就要对重大原则、重大立场和重大利益把得牢、守得住。我们这个党、这个国家有着自己一贯的重大原则立场及利益关切，比如秉持人民至上、生命至上，重视生态文明、环境保护，奉行独立自主、合作共赢，等等。对于这些安邦定国的原则立场和战略方略，领导干部必须任何时候任何情况下都心知肚明、严格落实。一分部署，九分落实。是不是心系"国之大者"，关键要用实际行动和工作成效来检验。不论现实情况如何"乱花渐欲迷人眼"，都必须"咬定青山不放松"，增进把得牢、守得住的政治定力，砥砺狠抓落实、实干苦干的意志作风，确保"国之大者"原原本本贯彻在工作中。

心系"国之大者"，就要对大局、大势和大事看得清、辨得明。我们正处在"百年未有之大变局"，正在"进行具有许多新的历史特点的伟大斗争"，而且"日益走近世界舞台中央、不断为人类作出更大贡献"。正所谓"不谋全局者，不足以谋一域"，广大党员、干部应该对大局大事、全局工作有全面而准确的认知，并以之指引现实工作。善于登高望远，学会"仰望星空"，懂得看"桅杆"，善于从现象看本质、从苗头倾向看发展走向，才能"不畏浮云遮望眼"，廓清各种迷雾、理清各种头绪。

习近平总书记强调，各地区各部门各方面对国之大者要心中有数，强化责任担当，不折不扣抓好中共中央决策部署和政策措施落实。对"国之大者",我们要有认知、有敬畏、有担当,时常观之察之、思之悟之,时常践之行之、念兹在兹,做到脑子里装着、心里面想着、手里头抓着。让"国之大者"贯穿在方方面面工作中,党和人民的事业一定会迎来新的更大胜利。

18

"把为民造福作为最重要的政绩"

(《人民日报》2020年6月1日)

"必须把为民造福作为最重要的政绩。"习近平总书记在参加十三届全国人大三次会议内蒙古代表团审议时强调,各级领导干部要树立正确的权力观、政绩观、事业观,不慕虚荣,不务虚功,不图虚名,切实做到为官一任、造福一方。严格的要求、殷切的嘱托,体现出始终如一的人民情怀,为广大党员干部压实从政观、人民观的价值基座指明了方向。

思想是行动的先导。从政观解决的是从政"为什么、干什么、留什么"的问题,是从政者世界观、人生观和价值观的综合反映。从政观是"牛鼻子"和"驱动器",有什么样的从政观,就有什么样的从政行为。这些年来,大量正反两方面的事实一再表明,从入党入职之初就端正从政观,等于扣好了从政第一粒扣子、走好了从政第一步,这样才能行得稳、走得远;如果职业生涯起步之时便动机不纯、观念不正,又不加强思想改造,以后的路上说不准什么时候就会摔跤跌倒。

什么才是正确的从政观?直白点说,就是要为老百姓做好事实事。习近平总书记强调,党员、干部特别是领导干部要清醒认识到,自己手中的权力、所处的岗位,是党和人民赋予的,是为党和人民做事用的,只能用来为民谋利。从政意味着奉献和牺牲,意味着能吃苦、能吃亏、能受累,意味着应该多些担当和付出、少些索取和抱怨,多些宁静和淡泊、不慕虚华和享受。没有正确的从政观,就别入从政的门。笃定了为民、务实、清廉的政治追求,做好充分的思想准备,方能挡得住诱惑、耐得住寂寞、守得住清贫、坐得住冷板凳。

有人为了所谓个人前途选择从政,观念起点低、站位上不来,往往其格局不大、境界不高,更谈不上情怀,进而责任、使命和担当就明显不足。从现实看,那些过分追求"实现个人价值"的人,常常演变成搞自我设计,也就不可能正确对待组织需要、对接群众需求;那些过度追求"工作稳定待遇较好"的人,则往往容易安于现状、看重名利,甚至贪图虚荣,同样不利于个人社会价值的彰显。

如何养成正确的从政观?一靠学习提高,二靠实践磨炼,这是基本途径。加强自身学习、接受思想教育,有利于涵养坚定不移的信念。人活着总得有点志向和抱负,从政更得有理想信念来支撑。当好人民的公仆,要志存高远,要把初心和使命作为一生的信念。多在实践中磨炼,有利于砥砺坚韧不拔的意志。只有沉入到与人民同甘共苦、与人民团结奋斗的火热实践中,才能强本领、增才干、塑心魂,练就任尔东西南北风、咬定青山不放松的定力和志向。

"中国共产党根基在人民、血脉在人民。"为民办事、为民造福的信念一旦确立,就可以使人方向明确、精神振奋、干劲充沛,不论艰难还是挫折,不论虚名还是利诱,都会初心不改、恒心不移。树立正确的从政观,坚持以人民为中心的发展思想,没有什么政绩能与之媲美,没有什么困难能与其匹敌。

19

讲好中国抗疫故事

(《人民日报》2020年3月18日)

在抗击新冠肺炎疫情的战斗中,有一名"90后"女医生,为了奔赴武汉抗疫一线,在没有公共交通支持的情况下,骑了4天3夜自行车,行程300多公里,一路上忍饥挨饿、风雨兼程,最终返岗参战。多么英勇无畏、义无反顾的白衣战士,凭着心中的责任和使命,让青春绽放迎难而上、奋勇担当的夺目风采。许许多多感人至深的战疫故事,感动了无数人、激励了无数人。

时势造英雄,凡人出壮举。大疫当前不言退,在疫情防控期间恪尽职守、默默奉献、舍生忘死、冲锋陷阵的人与事，可谓不胜枚举。把一些可圈可点的生动故事、卓有成效的经验办法，特别是那些可歌可泣的凡人壮举说出来、讲出去，可以全景式地展示中国抗疫的众志成城和英勇奋战，可以极大地鼓舞士气、振奋精神、凝心聚力、团结向前。

真理在事实面前不言自明，歪理在真相面前不攻自破。讲故事是让人易于接受的一种传播方式和方法。千百年来那些一代代流传下来的思想观点、价值信仰和伦理道德，往往就是通过一个个故事传播开来并留存下来的。在这场疫情防控的人民战争、总体战、阻击战中，加大新闻舆论工作力度，一个重要方面就是要学会讲中国故事、善于讲中国抗疫故事。

会讲故事既是一种能力，也是一种责任。讲好中国抗疫故事，对党中央重大决策部署进行更加深入而生动的解读，可以提高新闻舆论工作有效性。借助一个个鲜活故事，可以更好告诉世人：中国在疫情防控中展现出了怎样的领导能力、应对能力、组织动员能力、贯彻执行能力；一批批军地医护人员、一个个科研人员、一拨拨志愿者以及广大党员干部尤其是基层干部，如何不畏艰险、赴汤蹈火，敢于担当、英勇奋战；大江南北、长城内外，如何"一方有难、八方支援"，众志成城、守望相助、共克时艰；武汉及湖北人民如何识大体、顾大局，自觉服从疫情防控大局需要；等等。多到抗疫一线发现好故事，让故事来说话，才能为疫情防控营造良好舆论氛围。

抗疫故事能不能走进人的内心、拨动人的心弦，入脑入心、同频共振，取决于讲的立场态度和方式方法。实事求是去讲，才能让人愿听。抗疫故事，真实是它的生命，得说真话、讲真相、道真情。带着感情去讲，才能让人想听。感人心者，莫先乎情。把抗疫故事的感人之处讲出来，首先讲故事的人得自己动感情、带感情，只有打动自己才有可能打动他人，只有自己动情才有可能以情动人。生动活泼去讲，才能让人爱听。讲故事不是作报告，得用通俗易懂的话语和喜闻乐见的方式方法去讲，用群众语言、讲大白话。

抗疫故事为中国制度、中国精神注入了更为丰富厚重、生动深刻的内涵。讲好中国抗疫故事，不仅可以强信心、暖人心、聚民心，更可以展现中国作为负责任大国的担当，讲出新时代的中国力量和中国形象。

20

经受住大考

(《人民日报》2020年3月18日)

"我年轻,我先顶上。"29岁的彭银华主动请战、奔赴抗击疫情第一线,用生命践行了一名医生救死扶伤的崇高使命。12年前,在汶川特大地震抗震救灾中,武汉提供了医疗援助。今天,12位汶川村民驱车千余公里,将村民自发筹集的6卡车蔬菜送到武汉。

沧海横流,方显英雄本色。这次新冠肺炎疫情,是新中国成立以来在我国发生的传播速度最快、感染范围最广、防控难度最大的一次重大突发公共卫生事件。对我们来说,这是一次危机,也是一次大考。在以习近平同志为核心的党中央坚强领导下，经过全国上下艰苦努力，当前已初步呈现疫情防控形势持续向好、生产生活秩序加快恢复的态势。疫情防控工作取得的积极成效，再次彰显了中国共产党领导和中国特色社会主义制度的显著优势。国际社会普遍认为，中国采取的坚决有力的防控措施，展现的出色领导能力、应对能力、组织动员能力、贯彻执行能力，为世界防疫树立了典范。

在疫情防控阻击战这场大考中，全党全军全国各族人民交出了一份合格答卷：各级党组织和广大党员、干部冲锋在前、顽强拼搏，充分发挥了战斗堡垒作用和先锋模范作用。广大医务工作者义无反顾、日夜奋战，展现了救死扶伤、医者仁心的崇高精神。人民解放军指战员闻令而动、敢打硬仗，展现了人民子弟兵忠于党、忠于人民的政治品格。广大人民群众众志成城、守望相助，湖北人民特别是武汉人民识大体顾大局，不畏艰险、顽强不屈，自觉服从疫情防控大局需要，主动投身疫情防控斗争，展现了坚韧不拔的顽强斗志。广大公安民警、疾控工作人员、社区工作人员等坚守岗位、日夜值守，广大新闻工作者不畏艰险、深入一线，广大志愿者等真诚奉献、不辞辛劳，为疫情防控作出了重大贡献。

疾风知劲草，板荡识诚臣。干部政治上过不过得硬，要看关键时刻靠不靠得住。在疫情防控阻击战这场大考中，绝大多数党员、干部把初心落在行动上，把使命担在肩膀上，主动担当、积极作为，靠前指挥、冲锋在前，不辞辛苦、持续奋战，有的甚至献出了宝贵的生命。事实证明：在抗疫斗争中我们的干部队伍是好的，是经受住考验的。同时应该认识到，经受住急难险重任务的考验，要求党员、干部不仅有担当的宽肩膀，而且有成事的真本领。这次大考不仅考验了党员、干部的思想品质和工作作风，而且考验了党员、干部特别是领导干部在危机面前的应对能力、治理能力。新冠肺炎疫情发生后，如何在较短时间内整合力量、全力抗击疫情，这是很大的挑战；在疫情形势趋缓后，如何统筹好疫情防控和复工复产，这也是很大的挑战。这次应对疫情暴露出一些领导干部的治理能力和专业能力明显跟不上，必须引起高度重视。领导干部要从这次大考中总结经验教训，自觉增强综合能力特别是驾驭复杂局面的能力，学习掌握自己分管领域的专业知识，使自己成为内行领导，既有想干事、真干事的自觉，又有会干事、干成事的本领，在一次次大考中交出让党放心、让人民满意的合格答卷。

别把"结果"当"效果"

(《人民日报》2020年1月15日)

年终岁尾,人们或许都在忙着梳理、盘点和总结一年来的工作、学习和生活,回头看年初制定的方案计划、确定的目标任务等,完成了没有,结果怎么样。值得注意的一种倾向和现象是,只看重"结果"而忽视"效果",把"做了"当作"做好了"、"完成了"当作"完成好了"、"结果"当作了"效果"。

把"结果"当"效果",是一种"认认真真走过场"。干工作、做事情问问结果怎么样,这当然是必须的,也是必要的,但又是远远不够的。现实中,有些人常常含糊其辞、似是而非，或囫囵吞枣、一概而论。比如，有的只管填表报数，一年开了多少次会、发了多少个文件、下了多少次乡，但是会议、文件和调研到底解决了什么问题、解决得怎么样，却不管不问；有的只报接待了几次信访、到了几回群众家里，然而群众的困难、操心事烦心事有哪些、帮助了多少，说不出、答不上、讲不来；等等。这种不管三七二十一，只盘点做了什么、做了多少，而不总结做得好坏、有无成效；这种只知道个"大概""也许""差不多"，而不顾"究竟""到底""差多少"，说白了就是一种对上交差、对下应付，是典型的敷衍了事、雨过地皮湿。

把"结果"当"效果"，既有认知上的缺陷，又有能力和作风上的不足。俗话说：种瓜得瓜，种豆得豆；一分耕耘，一分收获。干一件事情，要既看苦劳疲劳辛劳，更看功劳成效。只开花不结果，这样的花开得也未必好看。可以说，把"结果"当"效果"，既是事业心、责任感不强的表现，也是作风漂浮、形式主义、官僚主义作祟的结果。心有余而力不足或力有余而心不足，都只会导致虽然有结果但却未必有效果。

工作干得好不好，要从成效中去检验和衡量。如果把"结果"等同于"效果",甚至只看结果、不问效果,则会带来不好的后果。一是容易误事。对问题的解决心中无数,对任务的完成含糊不清,导致研判出现偏差,决策出现误差,"没做好"的事还可能因为看不到而错过了纠正的时机。二是容易助长坏风气。很多人可能因为反正"干好干坏一个样、干多干少一个样"而懈怠,导致工作敷衍了事、浮皮潦草,得过且过、虚于应付,浅尝辄止、停于表面,形式主义的东西跑出来大行其道,特别是那些"没做好"的人蒙混过关,带坏风气。三是容易混淆对错好坏。好的效果,才说明工作有成绩,值得褒奖和肯定;不好的效果,说明有差距和不足,应该引起注意并予以克服。倘若好坏不分、对错不清,则达不到奖优罚劣的目的。

一切事情都要既问结果怎么样,更问效果怎么样;既考量苦劳,更考核功劳。切不可只看结果不看效果,更不可以把"结果"当"效果",以防止作风不实和形式主义的东西招摇过市。

(摘编自《学习时报》2020年1月13日)

22

"淘报"之乐

(《人民日报》2019年12月28日)

很多人都有过"淘"东西的经历,有的喜欢逛市场去"淘"衣服、古玩、旧瓷器、老家具,有的则乐意泡在书店里去"淘"落满岁月尘埃的古书籍,等等。一旦费尽周折或不经意间"淘"到心仪的物件,便会如获至宝、爱不释手。我也时不时地去"淘",可我偏爱"淘"各种各样的报纸,此所谓"淘报"也。

我所说的"淘报",是把各种各样的报纸找来,一份份、一张张、一版版地翻看,看到合自己"口味"的文章,便将其剪下来,然后按政治、经济、社会、历史、人文等，分门别类地粘贴在一个大本子上。这个经历，恐怕上了点年纪又喜欢鼓捣文字的人都会有。

"淘报"习惯于我，已经有些年头。小时候写作文，最抓耳挠腮的就是语言干巴巴。那年月不是每人都订阅得起报纸杂志的，于是学着抄报纸，把报纸上一些好句好词摘抄在小本子上。后来报纸杂志比较普遍了，便开始剪贴。"淘报"淘得时间长了，自然熟稔哪些报纸哪些栏目是"必淘"的"富矿"，从中央级大报到地方报纸，上面都有我经常关注的栏目，每次去看看，都会"淘"到不少"好料"。有时几个小时"淘报"下来，两手尽是报纸上的油墨，但这或许便是"墨香"吧。

"淘报"是个颇有趣味的手工活，算是个笨办法。每回"淘"下来，我会暂时积攒一阵子，然后逐篇"咬文嚼字"地看过去，把那些精辟的观点、精彩的语句和生动的事例来个"划重点"，有时还会在报纸边上空白处，即兴写些感悟，乃至一小段读后感之类的文字，剪下来的文章常常因此成了一篇"花脸稿"。

每当我看着自己辛辛苦苦"淘"来的报纸，获得感和成就感便油然而生。现在回过头去，看几年前甚至十几二十几年前"淘"来的已经有些发黄的报纸，看着报纸上已经有些模糊不清的字迹，过往的日子就会一幕幕地闪现在眼前，岁月变迁所带来的记忆又会温暖地泛起。这或许就是"淘报"带给我的乐趣，也是"淘报"带给我的力量。

"淘报"已然成为我工作、学习和写作的好帮手。与"淘报"相随的是，这么多年来，我也写了不少文章，在报刊上发表了近百篇言论，当中，许多题目、素材和灵感，就或多或少得益于这些"淘报"战利品的启发。

如今的年轻人大概不这么去"淘报"了，他们习惯把看到的好文章储存到电脑里。保存之后也是一存了之，不会像我们以前那样去划重点、写感悟，只有"书到用时"才去搜索。还有的干脆有问题就上网，互联网很快便给出答案，然后复制、粘贴，搞起"文字积木"。这样的确省心省事，可我总觉得缺少了点什么。想来想去，觉得也许少了点剪贴的趣味，少了点"黑乎乎"的墨香，少了点"白纸黑字"的温度。

如今，我依然保持着"淘报"的习惯，而且还从"淘报"中悟出了人生的况味。

劳动者最美　奋斗者最幸福

（《人民日报》2019年12月10日）

2019年元旦前夕，习近平主席在新年贺词中为快递小哥深情点赞。春节前夕考察调研北京市时，他特意来到快递服务点，看望仍在工作中的快递小哥。在庆祝新中国成立70周年群众游行中，快递小哥的身影出现在"美好生活"方阵，成为今日中国发展画卷中的一道亮丽风景；作为普通劳动者中的新职业群体，快递小哥频频进入公众视野。

"平凡孕育着伟大。"快递小哥成明星，意料之外，又在情理之中。

劳动最光荣，奋斗最幸福。对快递小哥的礼赞，折射出社会对劳动和奋斗的格外崇尚。老舍先生曾经说过，不劳动，连棵花也养不活，这难道不是真理吗？脱离劳动创造奢望一夜暴富，或者靠歪门邪道、旁门左道等捷径来致富，到头来只会是竹篮打水一场空。五彩斑斓的世界靠劳动来创造，一切美好生活靠奋斗来获得。无论是体力劳动还是脑力劳动，都值得尊重和鼓励。快递员是这些年涌现出来的新职业之一，快递小哥常年风里来雨里去，奔走在大街小巷，穿梭于车水马龙，勤勤恳恳、任劳任怨。对快递小哥的赞许和推崇，其实就是对劳动创造幸福生活的赞许和推崇，擦亮了"劳动最光荣、劳动最崇高、劳动最伟大、劳动最美丽"的价值底色。

劳动者最美，奋斗者最幸福。快递小哥是普通劳动者的剪影。对快递小哥的青睐，透视出人们对普通劳动者的尊重和欣赏。工作无贵贱，行业无尊卑。从"宁肯一人脏，换来万人净"的环卫工人时传祥、"公交车有终点，服务没有终点"的公共汽车售票员李素丽，到"人民楷模"称号获得者朱彦夫、李保国，新中国成立70年来，千千万万普通劳动者积极投身社会主义革命、建设、改革伟大实践，辛勤劳动、诚实劳动、创造性劳动，助力整个国家创造出改天换地、彪炳史册的发展奇迹。普通劳动者是社会财富的创造者，是社会生活中缺不了、少不得、离不开的群体。这些年，大学保安奋发图强考上名牌大学，快递小哥脱颖而出夺得诗词大会冠军，中国技工刻苦钻研勇夺世界技能大赛冠军，类似新闻不绝于耳，让人们见证了普通劳动者的大美。

对快递小哥的厚爱，也反映出社会的进步和文明的提升。有社会学家说过，一个社会对待基层群体的态度就是这个社会的文明程度。在社会主义大家庭里，人没有高低贵贱之分，职业同样没有高低贵贱之别，每个人都享有人格尊严，对每个职业选择都应该报以平等相待的目光。想当年，刘少奇同志在人民大会堂接见时传祥时说：你当清洁工是人民的勤务员，我当主席也是人民的勤务员，这只是革命分工的不同。如今中国特色社会主义进入新时代，普通劳动者获得了越来越多的国家赞誉和社会尊重。

新时代的劳动者是伟大的追梦者。心怀梦想的人，都值得大家肃然起敬。有梦想的人多了，国家就有力量，社会就会进步,梦想就能照亮祖国的天空。全社会都崇尚劳动、崇尚奋斗,汇聚起来的逐梦力量就将奔腾不息,社会前进的步伐就会更加铿锵有力。

24

与"新生事物"一起成长

(《人民日报》2019年10月16日)

"芳林新叶催陈叶,流水前波让后波。"只有拥抱新生事物,和新生事物一起成长,才能跟上时代前进的步伐。

所谓新生事物,就是那些符合事物发展客观规律和前进趋势、具有强大生命力的事物,从旧事物内部产生,因为克服了旧事物中腐朽落后的东西,汲取了旧事物中积极的因素,所以具有远大前途和未来。新生事物出现之初,并不容易崭露头角。但是,"任何新生事物在开始时都不过是一枝幼苗,一切新生事物之可贵,就因为在这新生的幼苗中,有无限的活力在成长,成长为巨人,成长为力量"。

回顾新中国成立的这70年,何尝不是一部与新生事物同行、和新生事物一起成长的历史?社会主义中国的出现,在中国历史上、世界社会主义历史上具有划时代意义。社会主义市场经济体制使经济发展迸发出活力。我们实行改革开放,这场"第二次革命"成为当代中国最显著的特征、最壮丽的气象,让中国焕发青春,插上了腾飞的翅膀。我们实行"一国两制",为实现祖国统一开创出一条光明大道。

从新中国成立初期的社会主义"三大改造",到改革开放初期的农村家庭联产承包责任制,再到国有企业的股份制改革、民营企业的发展壮大;从产业扶贫中的"公司+合作社",到城市共享经济的"互联网+",再到云计算、大数据、区块链、物联网……新生事物层出不穷,一桩桩一件件,体现出发展不止、变革常新的社会发展规律,刻印下国家与新生事物一起成长的深深足迹。

实践证明,什么时候积极地拥抱新生事物,与新生事物同行,什么时候就能站在时代的前列,并且大踏步地向前。如今，中国之所以能成长为世界第二大经济体、成长为推动世界和平与发展的重要力量，一个重要原因就在于，中国持续不断地探索新生事物，接纳新生事物，与新生事物同生共长。

"苟日新，日日新，又日新。"与新生事物一起成长，顺应了时代发展的潮流，顺应了人类发展的规律，顺应了广大人民群众对美好生活的向往。在与新生事物一起成长的过程中，我们需要倾注满腔热情，善于发现和培育新生事物；需要保持包容开放的心态，去接受新生事物一时的不足与不成熟；需要树立学习创新的精神，融入新生事物的发展变化中去。

"惟改革者进，惟创新者强，惟改革创新者胜。"正如习近平总书记所深刻指出的，历史只会眷顾坚定者、奋进者、搏击者，而不会等待犹豫者、懈怠者、畏难者。既保持定力和自信，又注重锐意改革、激励创新，我们一定能不断创造新成就、开辟新境界，为中国赢得璀璨未来。

25

兼济天下的"人类情怀"

（《人民日报》2019年7月11日）

"修之于天下，其德乃普。"

不久前，中国载人航天工程办公室与联合国外空司共同宣布围绕中国空间站开展空间科学实验的第一批项目入选结果，共有来自17个国家、23个实体的9个项目成功入选。打开大门、敞开怀抱，让世界搭乘中国科技发展的便车，共同分享逐梦太空的机会，折射出一个泱泱大国的"人类情怀"。

从"世界大同，天下一家"的世界认识，到"大道之行也，天下为公"的公义观念，再到"达则兼济天下"

的宏大抱负，中国的人类情怀，根植于源远流长的中华文明，发轫于对和平发展、合作共赢的价值追求，是一种真正的大格局、大自觉。新中国成立后，毛泽东同志提出："中国应当对于人类有较大的贡献。"1985年，邓小平同志讲道："到下世纪中叶……社会主义中国的分量和作用就不同了，我们就可以对人类有较大的贡献。"近年来，习近平主席倡导构建人类命运共同体，推动"一带一路"建设高质量发展，以中国理念和务实行动生动阐释"建设什么样的世界"。

人类情怀，基础在人民情感。中国兼济天下的人类情怀，体现在对世界人民的一种朴素情感上。当埃博拉疫情肆虐西非，坚守到底的中国医疗队，彰显出中国人民同非洲人民站在一起、患难与共的决心；当亚丁湾海域海盗出没，中国海军护航编队挺身而出，10年护航让"最危险海域"重新成为"黄金航道"；当也门紧张局势持续升级，中国海军舰艇编队在执行撤离中国公民行动中，还协助罗马尼亚、印度、埃及等国的侨民平安撤离……一次次挺身而出，见证中国人民对世界人民的大爱。"世界好，中国才能好；中国好，世界才更好。"近代以来饱经风雨沧桑的中国人民对美好生活满怀渴望,同时也尊重并支持各国人民追求幸福生活的权利。

人类情怀,根本在勇毅担当。中国兼济天下的人类情怀,体现在对世界和平发展的责任担当上。世界银行报告显示,"一带一路"倡议可加快数十个发展中国家的经济发展与减贫,倡议全面实施可使3200万人摆脱中度贫困。既各美其美又美美与共,既授人以鱼又授人以渔,中国不搞成果独享,求的是"百花齐放春满园",乐意于各国人民搭乘中国发展的"快车""便车"。人类情怀,说到底是以世界和平与发展为己任,积极为人类社会进步增添正能量,为世界人民过上幸福美好生活作贡献。

"世界上最宽阔的是海洋,比海洋更宽阔的是天空,比天空更宽阔的是人的胸怀。"中国的人类情怀,可以从习近平主席治国理政和关于全球治理的一言一行中读懂,可以从每一次的"中国方案""中国智慧"和"中国主张"中读懂,可以从中国人民对于世界的看法、想法和态度中读懂。中国的人类情怀,宽比海洋,高过天空,无论征程是晴是雨,中国都将始终与时代潮流同向同行,努力让世界变得更加美好。

懂得看"桅杆"

(《人民日报》2019年4月4日)

站在海边眺望远处驶来的船只时,我们总是先看到桅杆,再看到船的一部分,最后看到全部船体。桅杆意味着事物的先兆,是晴雨表和风向标。

真正富有预见和远见的人,都懂得并善于看"桅杆",从"桅杆"中分析研究出事物发展的动态、趋势和规律。毛泽东同志曾经几次提到过看"桅杆"的问题。他在《星星之火,可以燎原》一文中,就曾满怀激情地用诗一样的语言写道:"它是站在海岸遥望海中已经看得见桅杆尖头了的一只航船。"他还在谈到什么叫领导时说：":当桅杆顶刚刚露出的时候，就能看出这是要发展成为大量的普遍的东西，并能掌握住它，这才叫领导。"前一句讲"桅杆"预示着革命高潮的到来，后一句讲"桅杆"强调了领导干部要善于发现事物发展的普遍规律。

"凡事预则立，不预则废。"这个"预"从哪里来？就从懂得看"桅杆"中来。事物的发展是一个渐进变化的过程。"桅杆"是一种信号，它预示着事物的发展将由少量的、个别的东西变成大量的、普遍的东西。看"桅杆"就是把那些苗头性、倾向性的东西辨别出来，然后分析它的走向和演变，从中认识和把握矛盾运动的规律，从而看出信心和希望来。事物的发展变化都是有迹象的。如果"桅杆"是意味着一种苗头性和倾向性问题，就得提前动手解决它，防患于未然；如果是预示着某种动态和动向，就得提前跟踪、密切注视、及时跟进；如果是昭示着一种大的趋势和大的方向，就得提前布局，尽早尽快地顺应这种潮流。无视、忽视或不懂、不善看"桅杆"，或将导致机遇的错失，让机遇擦肩而过；或老虎来了还以为是猫，以致"灰犀牛"都临近甚至闯入了，还浑然不知，结果猝不及防。

从现实来看，不懂或不善于看"桅杆"现象的人还有不少。有的人只知道一味低头在"海岸"边上走，眼里压根就不去看"桅杆"，即便是"桅杆"已然跃出海面了，也熟视无睹，看不到，也看不清。有的人或许看了一眼"桅杆"，甚至也会发出尖叫或惊呼声，但往往看过就看过了，对"桅杆"效应不去分析，不去研判，没有预案，不知应对，结果看到了等于没有看到，等等。这都是要不得和很可怕的。

俗话说：站得高，看得远。看"桅杆"得有高的站位。政治站位要高，任何时候必须注意从政治上看问题，想事情，善于把纷繁复杂的事物置于政治的角度下透视，用"望远镜"登高远望，用"显微镜"见微知著，看问题才有了高度、深度和角度。还应当看到，有的人虽然站位也高，但却是"近视眼"。正所谓"当局者迷，旁观者清"。有时就得"跳出来"看问题，有一个好的思想方法和思维方式，经常用发展的、联系的、辩证的观点去分析和研究问题，去看待和观察事物，脚力、眼力和脑力同时用，"桅杆"便会尽收眼底。

习近平总书记强调："全党要提高战略思维能力，不断增强工作的原则性、系统性、预见性、创造性。"世界正处于百年未有之大变局中,中国正日益走近世界舞台中央,新时代需要更多懂得看和看得懂"桅杆"的人,在看"桅杆"中认清前行方向,把握内在规律,更好地赢得主动、抢得先机,始终站在时代发展的潮头。

多些"无声的联系"

(《人民日报》2019年2月12日)

春节刚过,不少人回味,这几天只与亲人团聚,过得清爽,过得惬意。当下,越来越多的人也感到,这些年来人与人的交往就像潮水退去一样,渐渐地安静下来了。过去那种两天一小聚、三天一大聚,不是喝酒唱歌就是甩牌搓麻的现象少了,那种拉拉扯扯、勾肩搭背的喧嚣渐渐淡去,人们回到了平静和理性,人与人"无声的联系"多了起来。

这是一种好现象,正所谓无声胜有声。过去那种热衷于"热线联系",整天泡在一起推杯换盏,打得火热,走得很近，今天一个同学会、明天一个乡友会等，一言以蔽之，无非就是有所图。正所谓"以利相交，利尽则散；以势相交，势败则倾；以权相交，权失则弃；以情相交，情断则伤；唯以心相交，方能成其久远"，"无声的联系"可以少些纷扰嘈杂，让心静下来、神定下来；少些"小圈子""小团伙"滋长的土壤，让人与人之间的关系纯净起来；少些精力上的分散，让自己有更多的精力用在工作、学习上。

多些"无声的联系"，是一种静静的守望。"无声的联系"的可贵在于，无论是天涯海角，还是各奔东西，心却在一起，心心相印、守望相助。马克思和恩格斯在长达40年的革命生涯中，相互支持与牵挂，然而他们曾20年身处两地，更多只是一种"无声的联系"。当恩格斯患病时，马克思在给他的信中说："我关心你的身体健康，如同自己患病一样。"两地一心的守望，志同道合的默契，虽天各一方，但思想和心灵的沟通却始终不断。共同的志向、追求和品质，可以让人与人的交往精神高于物质，无形重于有形，虽远在天边却近在咫尺。

多些"无声的联系"，是一种稳稳的守护。"无声的联系"并非冷漠无情，当他人身陷困境，能够雪中送炭，敢于挡风遮雨。明代诗人郑少谷与王子衡相距千里、素未谋面，却彼此倾慕、互相赠答。郑少谷曾有诗赞王子衡"海内谈诗王子衡，春风坐遍鲁诸生"。郑少谷去世时，王子衡哀伤至极，为素未谋面的朋友千里奔丧。人与人的交往，都是平日看似平常，有事时却显非常，患难与共、肝胆相照，既给人力量，又让人温暖。

多些"无声的联系"，是一种默默的守候。"无声的联系"不是忘却，也不是抛弃，而是把记忆和美好存放心里。宋代王安石与孙少述交情极深，孙少述离别王安石时，王安石曾写过一首《别少述》诗为之送行，字里行间尽显彼此间的真诚和友谊。后来王安石到朝廷掌了大权，有好几年孙少述同他没有来往，人们猜测两人之间有矛盾、合不来。等到王安石再度罢相而归、隐居山林，路过高沙，孙少述与其彻夜长谈，依依难舍。这种君子之交诠释出"无声联系"的一种魅力，不因久别而褪色，不因沉寂而荒芜。

"君子之交淡若水，小人之交甘若醴。""无声的联系"是一种"淡若水"的表达，逢年过节时，或身患疾病中，或挫折失意之际，一声问候、一句叮咛，都会如春风般温暖，似春雨般滋润。多些"无声的联系"，人与人的关系就多一份纯粹与干净，多一份清澈与明媚，多一份醇厚与朴实，人与人的交往就更加行得稳、走得远。

28

得有一股"拧拉"劲

(《人民日报》2018年12月21日)

懂乒乓球的人都知道现在有一种打法叫"拧拉"。以往打球时搓、削、推等比较常见,现在往往对方球过来就直接上手拧拉,"拧"得带劲、"拉"得有力,既好看又管用。拧拉成了乒乓球赛中的关键一招,也是高手过招时的制胜法宝。

拧拉关乎输赢,人生贵在"拧拉"。如果把我们的工作、学习和生活比喻成一场球赛的话,高低好坏甚至成败输赢也在"拧拉"。拧拉的好处是给自己拧出机会和主动,拧出干劲和冲劲,拧出气势和斗志。然而,也有一些人恰恰缺少这种"拧拉"精神,有的干工作要么无精打采、疲疲沓沓,要么束手束脚、畏首畏尾,精气神不足。面对改革发展中的新问题新矛盾,没有一股"拧拉"劲,是顶不上去、干不下来的。有闯的精神、冒的精神,"有一股子气呀、劲呀",这也正是"拧拉"劲的真谛所在。

拧拉是一种本领,得会"拧拉"。拧拉不是每个人都有的一种技术,得下苦功夫勤学苦练才会有。现在有些人手里头都是一些"老技术"和"老套路",好比打球只满足于一般的"搓""削""推",面对新的时代潮流和新形势新变化,只知道"吃老本",只会"念旧经""哼老调",不会"谋新篇""唱新歌",常常落入"老办法不管用、新办法不会用、土办法不能用"的窘境和尴尬。拧拉是一种自我突破和自我革新。"志之难也,不在胜人,在自胜也。"只有不断地勤学苦练,吃大苦、流大汗,不断地战胜自我、完善自我,才能为"拧拉"打下扎实基础。不然"拧拉"就是一句空话,根本无从谈起。

拧拉是一种勇气,得敢"拧拉"。有拧拉本事的人,未必都有胆略放手拧拉,有的或因丢过分而变得谨小慎微、瞻前顾后起来，怕拧出台、怕拧失误，有的还会变得不自信起来；有的则面临强大的对手，惧怕在先，或面对风云激荡、瞬息万变的赛场，胆怯害怕、裹足不前，眼里只看到挑战却看不到机遇，只看到困难却看不到希望；等等。俗话说：洗多碗的容易打碎碗。拧拉多了，出现些失误是正常的事，大可不必"一朝被蛇咬，十年怕井绳"。人最宝贵的是不怕失败和不忘失败，最值得骄傲的是从成功中走出来和在失败中站起来。特别是，两强相遇勇者胜，在激烈的矛盾斗争中，在滚石上山、逆水行舟的改革大潮中，就得拿出敢于斗争、敢于胜利的勇气，拿出逢山开路、遇水架桥的办法。

拧拉是一种技巧，得善"拧拉"。拧拉是有讲究的，不是说每个球都可以随意拧拉的，得把握好时机，拧拉出旋转、节奏、角度和变化，这样拧拉出去的球才有质量。有的人工作中习惯于凭经验、想当然，决策时拍脑袋、承诺时拍胸脯，出了毛病和问题则拍大腿，最后拍屁股一走了之，有时甚至是来蛮的、动粗的。拧拉不是盲目蛮干，得讲科学方法，厘清可为、可不为和不可为的事情，按规律办事、实事求是办事。

拧拉的球很旋转,"拧拉"的人生更出彩。拧拉是强者的身姿、勇者的风采,是一种责任担当和英雄气概。学会拧拉、敢于并善于拧拉,多一点"拧拉"劲,便能"拧拉"出新天地、新精彩。

29

走好从政第一步

(《人民日报》2018年11月13日)

这些年来,一些干部出问题,回过头去看,跟当初从政思想不端正、当官心理不健康和进入队伍时的"偷工减料"直接相关。

"万丈高楼平地起。"从政好比长途跋涉,一路走下来难免会经历很多风雨与沟坎。要想行得稳、走得远,从一开始就得起好步、筑好基。"刚参加工作的干部就像小树苗一样,需要精心浇灌、修枝剪叶,基础打扎实了才能茁壮成长。要教育引导干部一开始就想明白当干部为什么、在岗位干什么,走好从政第一步。"的确,第一步很重要，如果一开始就走偏走歪走得不端正，以后的路就会走斜走错。

走好第一步，从一开始就得端正从政思想。有的人当官为了发财，想着法子"捞钱"，搞权力寻租；有的人当官为了做老爷，官越大架子越大，脾气也见长；有的人当官为了讲体面，所谓光宗耀祖、出人头地；等等。带着这些不纯动机和不良思想进入干部队伍，行为自然会走形变样，而且迟早有一天会摔跟头。从政一开始，就要做好"当官莫发财、发财莫为官"的单项选择题，立志做大事、不立志做大官，做老实人、说老实话、办老实事，不搞歪门邪道、旁门左道。倘若思想这一关过不了，以后的路必定跌跌撞撞，即便是修修补补也无济于事。

走好第一步，从一开始就要到基层一线去、到"吃劲"岗位去、到百姓中去"墩墩苗""接地气"。起步时"平台"很关键。然而，什么样的平台对于一个人的成长成熟尤其是长远发展更有益？有的人贪图"高大上"平台，愿意一毕业或一进队伍就去大机关，宅在机关大院里，误以为这样的平台起点高、发展快，起步不久就能实现起飞；有的即便到基层去了，也是镀镀金，漂着浮着多，不去主战场，不钻"矛盾窝"，不愿干急难险重的事，没有"热锅上蚂蚁"的经历。"艰难困苦，玉汝于成。"只有到基层一线、"吃劲"岗位和百姓中去，才能成大器，也才能有底气。

走好第一步，从一开始就得锻造优良心理素质。"万事开头难"，从政第一步往往是最考验人的。当开头不顺甚至遭受挫折和失败时，一时又看不清方向甚至看不到未来时，一时出不了成绩时，出现不少诱惑、干扰时，能不能坚持住、把持好，都是对心理素质的考验与挑战。心态决定状态。倘若挡不住诱惑、耐不住寂寞、守不住清贫、坐不住冷板凳，从政就会难以为继。多一份韧性和定力，多一份心静和耐心，才能坚定不移、矢志不渝地往前走。第一步不一定要多快，但一定要稳；不一定要多高，但一定要实；不一定要多大，但一定要对；又稳又实才是真正的好。

"千里之行，始于足下。"好的开始是成功的一半。走好第一步，才能奠定从政的基石。

30

耐心成就人生之美

(《人民日报》2018年10月9日)

现在不少人感觉到,焦虑、着急和不耐烦仿佛成了一些人的常见病,干什么事都显得急不可耐,总是等不得、坐不住、慢不了和静不下。

比如,有的人看到他人成名成功了,一下子会乱了自己的方寸、节奏和步伐,变得焦躁不安、心慌意乱;有的人看到他人提拔重用了,顿时沉不住气,"两年没提拔,心里有想法;三年没挪动,四处去活动",千方百计走捷径;有的人则经不起一点急慢和挫折,绕不得一点弯路和曲折,不愿也不舍得花更多时间做那些默默无闻、精雕细琢的事，恨不得一蹴而就，早日"梦想成真"；还有的人甚至变得有话不好好说，遇事不好好商量，碰到点问题动辄"一急二躁三冒火"；等等。一言以蔽之，没耐心。

耐心就是不急躁、不厌烦，它既是一种性格，也是一种品格，是"高尚的秉性"，能够成就事业，更成就人生。

耐心成就成功之美。在相当意义上说，耐心是成功的"通行证"。在人生的征途上，哪有一帆风顺？总会遭遇挫折，有时还布满荆棘，如果没有耐心，不能坚持到底的话，则很难看到成功的模样。有位年轻人应聘给一位雕塑大师当助理，与其想象大相径庭的是，这位雕塑大师竟是一个整天孤独地埋头于工作室的老人。年轻人问他：如何能够寻找到一个要素，足以表达自己的一切？这位雕塑大师沉默片刻，然后极其严肃地说：应当工作，只要工作，还要有耐心。在相当意义上说，正是耐心成就了雕塑大师。"日日行，不怕千万里；常常做，不怕千万事。"很多时候，成大事不在于力量的大小，而在于能坚持多久，更在于你能否坚持到底。

耐心成就过程之美。耐心是一种积极的等待和良好的心态。《道德经》上说，静为躁君。《大学》里讲："静而后能安，安而后能虑，虑而后能得。"丰子恺先生曾在《山中避雨》提到，同友人游山遇雨而仓皇奔走，友人不耐烦，但丰先生竟被"一种寂寥而深沉的趣味"牵引了感兴，"反觉得比晴天游山趣味更好"，遂借了把胡琴，信手而弹，一时把这苦雨荒山衬出了暖色。正是这份对世事的耐心，才能在细粒微毫间，得到人生真趣味。"心收静里寻真乐，眼放长空得大观。"心清才能看到万物的生长，心静才能听到万物的声音，而这份静美唯有耐心才可获得。在人生的旅途上，多一份耐心，就会多一些发现，多一重体验。

耐心成就意志之美。哲人说："无论何人，若是失去了耐心，就失去了灵魂。"耐心考验人的毅力和定力。古往今来，滴水穿石也好、铁杵磨成针也罢，愚公移山也好、精卫填海也罢，难在耐心、贵在耐心、成也在耐心。俗话说，慢工出细活。我们做很多事情，往往要靠绣花功夫、工匠精神，而离开了耐心，这些都无从谈起。好的人生需要文火慢炖、细水长流，这也正是对人的意志品质的锤炼和塑造。

耐心是一种修养，需要修炼养成。耐心不够，或因心里想法太多、欲望太强，或因沉不住气、性子太急。少一点功利，多一份淡泊；少一点焦虑，多一份淡定；少一点杂念，多一份纯净；少一点喧嚣，多一份宁静。如此，方可保持一颗耐心，成就人生之美。

不妨选择一下"复焙"

(《人民日报》2018年8月22日)

熟谙茶道的人都明白一个道理,红茶放过几年后,无论保存得如何严密,那股香气都会渐渐散失。在阳光下仔细观察时,会发现茶叶上那细芒般的金毫已经消失,叶底会有点返绿,此时的红茶从火炭中来的那一股子烈性不见了,只剩下寡淡和顺的口感。怎么办?懂茶的人会告诉你,可以选择复焙。

复焙,简单地说就是把茶叶再拿去"火攻",使之重新焕发生机,甚至能获得比初焙茶更灿烂的汤色和更丰富的层次。茶如此,人亦然。有的人工作久了,当年身上的那股子"气"和"劲"会渐渐散去，甚至个性棱角会渐渐被打磨和销蚀掉。有的奋斗精神滑坡，松一松、歇一歇的思想逐渐抬头，整天盘算着自己的"小日子"；有的变得庸懒散慢、麻木迟钝，干什么都似乎提不起劲，激情淡了、热情少了、灵动没了；有的逐渐脱离实际，"烟火气"淡了、群众语言少了；有的在鲜花、掌声和欢呼声中陶醉，在"温水"里煮着，骄娇二气开始滋长；还有的或成了"官油子"，见风使舵、阿谀奉承，或成了"老好人"，当"鸵鸟"，做"绅士"，有的甚至还沾染上一些戾气、痞气和江湖气；等等。对于诸如此类的现象，应该怎么办？不妨选择一下"复焙"。

选择"复焙"就是选择一种再造。一个人的成长，不可能一蹴而就，也不可能一劳永逸。比如，过去曾在基层干过，并不意味着永远懂基层、了解基层。过去曾直接与群众打交道，与群众有天然联系，并不意味着永远了解群众、理解群众。过去对腐败和不良风气反感，有抵制力，并不意味着终身有免疫力。特别是，人到一定时间或一定年龄，会出现不同程度的惰性或惯性，还容易产生路径依赖。这些都是正常的，并不可怕，但可怕的是忽视它的存在，甚至放任它滋长蔓延，错过了"复焙"的良好时机。当自己身上一些苗头性、倾向性问题开始暴露时，及时有效地加以"复焙"，既让问题解决在未然和萌芽状态，又让肌体焕发新的生机。

人是可以"复焙"的。可以选择到实践中去、到基层一线和群众中去，在火热的生活中"接地气"，养成朝气、生气和锐气，焕发出激情和热情；可以选择到"吃劲"的岗位上去磨炼，敢接"烫手山芋"，勇钻"矛盾窝"，去经受艰苦环境、复杂斗争、危险局面和突发性事件的考验，培养干劲、韧劲和冲劲；还可以选择书海泛舟，潜心研读，陶冶性情，多一点书卷气，做一个思想厚重的人。只有多到大风大浪里去锻炼，到急难险重的环境中去摔打，到看似不可能完成的任务中去"煎熬"，到逼得自己没退路的地方去"搏杀"，"复焙"后的人生，就如雨后彩虹更加绚丽灿烂。

茶有初焙、复焙之说，人也有源头培养、跟踪培养和全程培养之过程。茶之复焙得掌握火候，既不可差一步，又不可过一步。人之"复焙"也得掌握好时机，既不可等闲视之，又不可操之过急，得掌握好节奏。选择"复焙"，意味着又一次复苏和唤醒。

32

当干部要习惯"不舒服"

(《人民日报》2018年8月6日)

这些年来,当干部不自在、不舒服成了新的话题。应该说,这种感受是真实的,也是令人欣慰的。

然而,有的人似乎还没有准备好,总感到有些不适应、不习惯,表现出失落、焦虑和纠结;有的抱着侥幸心理,觉得这只是暂时的,挺一挺、熬一熬就过去了,工作中推崇起"既不出风头,又不落后头"的所谓"中间主义";还有的则觉得自己倒霉不走运,赶上了这么一个当干部"不吃香"的时期,奉行起"干点意思意思,干完没啥意思"的法则,有一种抵触、无奈和逃避情绪。

这些想法和表现都是不正确、不妥当的。对于各级干部来说，就得有不舒服的思想准备和长期打算，过不了这一关，就别进这个门。

当干部就得心中始终装着事。干工作，需要动脑筋的事不少，诸如改革发展、信访维稳、扶贫攻坚、征地拆迁、安全生产、环境保护、风险防范等等，都可能面临让人头疼、闹心的事，如果脑子稍微松一下、疏忽一下，则很有可能酿成大祸，出这样那样的事故。可有的干部却是"思想懒汉"，一副满不在乎的样子，不装事、不想事，或只知道个"大概"，却不知"究竟"。当干部得整天装着问题、带着矛盾，绷紧脑子里的那根弦，轻飘飘、无所用心是当不好干部的，心中无数、脑中无事是难以为官的。

当干部就得始终不离事。曾几何时，有的干部"一杯茶、一支烟、一张报纸看半天"，有的个别干部上班则上上网、打打游戏、织织毛衣，等等。这种现象说到底，是一些干部没把工作当事业看，拼全力干，而是当差事看，当副业干。干部就得先干一步、多干一点。腿得勤，不能躲在大楼里，"泡"在文山会海里，得多到现场一线去，多钻"矛盾窝"；手得勤，不能只动口不动手，而应做到既"给我上"又"跟我上"，多接那些"烫手山芋"；眼得勤，不能当"睁眼瞎"，熟视无睹、视而不见，应当眼观六路、耳听八方，经常眼里看得到活儿。如此，方能有所作为，不负群众。

当干部就得经常"手脚有束缚"。当干部就意味着有所失。过去有的人要么"牛栏关猫，进出自由"，天马行空、独来独往；要么什么话都敢说、什么地方都敢去、什么饭都敢吃、什么事都敢干，随心所欲、无拘无束。以这种心态和状态干工作，迟早都会出问题。对于各级干部来说，越往后越得绷紧心中的弦，就得公权不能私用，做到公与私泾渭分明；就得吃苦在前，享受在后；就得多一份敬畏，多一些顾忌。归根到底，就是管住手脚，不该伸的手莫伸，不该去的地方别去。

平心而论，相比革命先辈们流血牺牲，这点"不舒服"其实算不了什么。当然，能这么去做的确不容易，意味着要多一份付出、多一些奉献。但是，干部多一点"不舒服"，则事业多一份发展壮大，干部自身多一份健康安全，老百姓多一份自在放心。这笔账算下来，值。

做一股"清流"

(《人民日报》2018年7月16日)

时下,清流成了一个流行语,成为人们的一种向往。比如不久前,电视上《朗读者》《中国诗词大会》等几档节目"火"起来,受到大家热捧,"清流综艺"和"清流文化"成了观众追求的时尚。

文化如此,人生亦然。过清流般的生活,不失为人们的一种理想选择。然而,一些人的生活却过得混浊而灰暗。有的习惯于搞"假大空"那一套,特别会装,喜欢背"台词",有的还入戏很深,成了"戏精";有的热衷于走"虚浮夸"的路子,急功近利、心浮气躁,处处浮在表面，时时想走捷径；有的满足于过"庸懒散"的日子，表现出懈怠、疲沓的样子，工作往往干点"意思意思"，奉行"既不出风头，又不落后头"；有的甚至迷恋于"邪恶丑"的法则，搞厚黑学、行潜规则，拜码头、结圈子；等等。

清流生活，既是一种人生态度，也是一种人生价值。清代学者顾炎武说："读书通大义，立志冠清流。"革命先驱李大钊赞叹："社会上有一二清流学者，很得大众的信仰。"古往今来，做一股"清流"是不少人的价值追求，活出"清流"范儿的人也备受世人尊崇。从洁身自好、"出淤泥而不染"的周敦颐，到淡泊名利、留下"不要人夸颜色好，只留清气满乾坤"的王冕；从铁骨铮铮持正义、横刀立马的彭德怀，到毕生追求真理、"浑身是刺"的张爱萍；等等。这一股股清流，以它的清澈、洁净，汇入历史的大江大河，展示出绚丽夺目的画卷。

清流人生，是一种超然脱俗的气质。活出清流样子，就是活出一股清新之气，言行有格调，生活有品位，阳光干净、超然脱俗，身上散发出与众不同的魅力。活出清流样子，就是活出真实的自我，说真话、道真心、做真人，多一些率真、多一点坦诚，不掩饰、不矫情。活出清流样子，就是活出做人的骨气，肩膀硬、腰板直，有所坚守而不随波逐流。说到底，清流样子就是真善美的样子，就是做人清清爽爽、做事明明白白、做官干干净净的样子。

欲成清流之人，得正本清源。古人云："源洁流清。"做人的本源，就是做人的本色、本真和本来。一个人的身份、岗位、职务和财富可以变，但做人的本色不变、本真不丢、本来不忘。多问问初心是什么、初衷在哪里，多看看当初的模样是什么、如今变得怎么样，偏了则纠一纠，歪了则正一正。源头清，人生这潭"池水"自然也就清澈了。

欲成清流之人，得胸怀大志。有大目标和大志向的人，总是不会被路边的碎石绊倒。胸有鸿鹄之志，便有过清流生活、活出清流样子的勇气和毅力，有远大志向在鼓舞，生命就会翩翩起舞。要想活出清流样子，内心还要有强大的定力和自制力，不以物喜，不以己悲，耐得住寂寞，挡得住诱惑，守得住清贫，坐得住冷板凳，不生活在别人的阴影里，朝着既定的方向砥砺前行。人不一定过得富贵，但一定要活得高贵，保持一份清高，守住一份气节，便能活出清流样子。

莲花，以其高洁品质让世人"独爱"。清流如莲，清流之人以其真善美的品格而被世人称羡，更让自己行稳致远。

34

做新时代的改革者

（《人民日报》2018年6月22日）

改革开放40年之际，人们都在从不同的角度审视和思考。悠悠万事，用人为大。改革再出发，关键还是人。新时代的改革行稳致远，需要一大批与时俱进的改革者。

"一条心"的改革者。众人一条心，黄土变成金。面对"动奶酪"的改革，有的人半心半意，常常说起来重要，做起来次要；对别人要求坚决，改到自己头上时则退缩，改革的蓝图往往写在纸上、停在嘴上，甚至走不出会议室、落不了地，总是悬在半空；个别人三心二意，甚至假心假意，表面在改，暗地里打着小算盘，甚至找退路、寻他路,心思用在了歪门邪道上……改革最重要的是同心同向、同频共振,真正心往一处想,劲往一处使,话往一处说,事往一处办;最需要一心向党、一心为民、一心改革的人,最需要能够横下一条心,能够豁得出去的人。

"一股劲"的改革者。现在有些干部有一种松劲心理,有的人开始有"歇歇脚""喘喘气"的想法,总想躺在成就簿上睡会儿觉,甚至在鲜花和掌声里飘飘然;有的人觉得改革越往前走,难度越大、风险越多,于是开始放缓乃至停下脚步来左右观望,因畏难或怕担责而变得缩手缩脚、畏首畏尾,"懒得改""改不动"成了一些人的心理羁绊。改革开放是一场深刻革命,绝不可能靠"吹拉弹唱"、轻轻松松获得成功,特别是进入深水区之后,滚石上山、闯关夺隘,逆水行舟、过滩涉险,越是这个时候越需要"一股气",一股一抓到底、一以贯之、一往无前的劲,一股"为着解决困难去工作、去斗争"的精气神。

"一手牌"的改革者。改革开放是大事业,手里没几把刷子不行,后备箱里工具不多更不行。面对专业化水平越来越强、精细化程度越来越高的改革开放，决不能"心中一团火，脑中一团麻，工作一团糟"，捉襟见肘，心有余而力不足。改革开放的深化，要求各级干部手里既捏着政策法规这张"王牌"，口袋里又装着专业知识这些"硬牌"；既身怀看家本领和核心竞争力，又具有广博知识；既有硬功夫，又有软招数，真正成为高素质专业化复合型的人才。

"一身正"的改革者。做人不成功，做事成功是暂时的；而做人成功，做事不成功也是暂时的。一个想在改革开放中大显身手、干一番事业的人，得先堂堂正正、干干净净做人。过去有少数人毛病不少，有的表面做好事，底下做坏事；有的既搞改革，又捞好处；有的甚至当面做人，背后做鬼，结果人生归零、事业清零，落个竹篮打水一场空。"一身正气洁如雪，两袖清风不染尘。"一身正，便是一身正气、一生正派，肩膀硬、腰杆直，既不搞歪门邪道，又敢同不良习气斗争，不做伪君子，不当两面人。"其身正不令而行，其身不正虽令不从。"一身正气的改革者充满人格魅力，既能带头干，又会带着干，团结更多的人一起奋斗、一同前行。

正如习近平总书记所言:"当前,改革在很多领域突入了'无人区'。"做新时代的改革者,以"一条心"合众力,"一股劲"闯难关,"一手牌"解难题,"一身正"聚人心,我们定能在改革"无人区"闯出一条成功之路。

35

"好缺点"是种假把戏

(《人民日报》2018年6月5日)

不知从什么时候起,无论是说自己还是说别人缺点,似乎成了一件很难办、很纠结和很尴尬的事情。不少人或避重就轻、隔靴搔痒,或旁敲侧击、声东击西,总喜欢把缺点说得很巧妙、婉转和艺术,好比"思想按摩",让人听得舒服,易于接受,于是出现了"自我批评谈情况,相互批评提希望"的怪现象。正是在这种风气下,"好缺点"应运而生。

所谓"好缺点",就是表面上讲缺点,实际上变着法子表扬,拐着弯兜售优点。比如,讲某个干部缺点时,说他"批评人过于严肃""加班太多不注意身体""平时太顾工作,家里照顾太少""一心扑在工作上,锻炼身体不够",等等。这样的"好缺点",说者乐滋滋,听者美滋滋,领导知道了也找不出毛病,可谓皆大欢喜。

"金无足赤,人无完人。"人终归是有缺点和不足的,而且缺点就是缺点,不应该变成优点。探究"好缺点"现象的原因,还是好人主义在作怪。一些地方和单位,常常是"上级对下级宠着护着,下级对上级捧着抬着,同级对同级哄着让着,对明摆的毛病缺点和不良风气也是忍着看着",面对他人身上的缺点往往"不说话、说好话、好说话"的有之,尽放些"空炮""哑炮"甚至"礼炮"的亦有之。《战国策》中有一名篇,叫《邹忌讽齐王纳谏》,讲的是大臣邹忌与城北徐公比美,结果因为"妻私我""妾畏我"和"客欲有求于我",而被妻、妾和客所美化。现实中这种"好缺点"现象,正是或"私"或"畏"或"有求"的结果。

"好缺点",既是一种"烟幕弹",又是一种"迷魂汤"。其危害,一是坑害了干部,二是败坏了风气。"好缺点"是一种"语言贿赂",它让一些干部飘飘然、昏昏然，看不清、看不透自己身上真正的缺点，陶醉、麻痹在自我认知中，延误了"治病"的时间，错失了改正缺点的机会，让真正的缺点在"好缺点"的掩护下逃之夭夭，最后病入膏肓。近些年一些落马者感慨，倘若当初有人及时指出他们身上的缺点，有可能不至于愈演愈烈，这虽可能是他们的某种借口，却也引人思考。陈云同志在《论干部政策》一文中曾呼吁，对干部不要"抬轿子"。"好缺点"就是故意在"抬轿子"。如果让"好缺点"现象不断蔓延，而且形成气候，就会毒害整个风气，甚至在政治生活中形成严重的"雾霾天"。

"好缺点"，既是一种障眼法，又是一种假把戏。得善于剥去"好缺点"的美丽外衣，对其层层深入剖析，不可一带而过，听之任之、听之信之，更不可一笑了之，不当一回事。得敢于对那些喜欢讲"好缺点"的人进行直言不讳的批评教育。好人主义绝不是好人，而是对己对人不负责任的表现，不能让这些人得到好处、占到便宜，得势又得利；领导干部特别是一把手得真讲缺点、讲真缺点，起到示范和带头作用。

36

多些"烟火气"

（《人民日报》2018年5月3日）

人们在谈论某个人不合群、脱离大众或不切实际、与社会脱节时，常常用"不食人间烟火"来形容。的确，现实生活中，身上缺少"烟火气"的人并不鲜见。

比如，有的人官气、"衙门味"很大，总是高高在上，泡在文山会海里，脚不沾泥、手不沾土，说话办事云山雾罩；有的人贵族气、"少爷味"很浓，吃穿住行特讲究，热衷于讲排场、耍派头，俨然一副与众不同的样子；还有的人娇气、"大小姐味"很足，文件包有人夹着、水杯有人端着、外套有人拿着，独自出门甚至不会坐地铁、不懂上网购物，站在 ATM 机前一脸茫然；还有的人书生气、"迂腐味"很重；等等。

"烟火气"说白了就是一种生活气息，缺少"烟火气"的人，便少了生活的情趣，人生变得苍白无味。领导干部倘若缺少"烟火气"，说话办事就会与群众隔着一层，特别是在制定政策、出台文件时很容易闹出笑话来。多些"烟火气"，说到底就是多接地气，意味着善融入、带温度、有魅力，更富人情味，既能走近群众，也能走进群众，成为一个可亲可近、让人舒服的人。

多些"烟火气"，就是要多交百姓朋友。焦裕禄就是一个善交百姓朋友的典范。他曾经与基层干部、农民和技术员组成调查队，朝夕相处、形影不离；他还会住进老饲养员的牛屋，讨教治沙的真经；他走到哪个村都有熟人和朋友，群众亲切地称他"老焦"。人民作家柳青也是一个多交百姓朋友的榜样。有人说，到农民里面去找他都分不清哪个是柳青，从穿衣打扮到容颜，就一个关中老百姓的样子。《创业史话》这幅画中有个细节，当年柳青席地盘坐与农民拉家常，他手中抽的旱烟袋是农民随手递给他的。柳青是真正跟老百姓融为一体、打成一片，所以上级文件下来他都知道房东老大娘是哭还是笑。

多些"烟火气"，就是要常过普通人生活。当年习仲勋下放洛阳耐火材料厂时有一习惯，每天上午9点都会去厂里的大澡堂泡个热水澡，一块儿泡的经常有下夜班的几十个工人，他总是边泡澡边与工友们说着工厂的事、家庭的事、国家的事。常过普通人生活，可以体会到平常人的酸甜苦辣，感受到生活的不易。

多些"烟火气"，就是要常去街头巷尾转转。街头巷尾、田间地头都是冒"烟火气"的地方，那里有火热的生活，有生动的实践，有"活跃跃的创造"，那里还有鼎沸的人气、嘈杂的吵闹，有鲜活的群众语言。当年陈云就有一个逛市场的习惯，他连百货商场、杂货铺也喜欢看。常去街头巷尾转转，往往能听到真话、看到真相、找到真情。一位退下来的老同志说，他当年最喜欢去街头巷尾、大院门口，与那些修自行车的、补鞋的、摆地摊的百姓聊天侃大山，在那样的地方，可以熏陶到"烟火气"。

"烟火气"沾着泥土、冒着热气、带着露珠，是真正的接地气，并不是土气、痞气和江湖气。领导干部多一些"烟火气"，能更好地和群众打成一片、融为一体，更好地赢得群众信赖、得到群众拥护。

37

学会"看全局"

(《人民日报》2018年4月9日)

近日与一位基层干部交流,他谈到,经常说要顾全大局、围绕大局、服务大局,可自己身处一线,整天忙于事务,既无暇也不太会去"仰望星空",到底什么是全局,怎样才能知全局、看全局往往似懂非懂。

前不久看一个材料,说陈云同志当年主持财经工作期间有一个逛市场的习惯,百货商场、杂货铺他也喜欢看。有一次他去看一家只有5平方米的小店,见有个戴瓜皮帽的人手拿个水烟袋坐在后头抽,他说这个人是在思考进什么货、出什么货,该给顾客准备点什么东西。

后来他经常引用这个例子,说我们需要这种戴瓜皮帽、拿水烟袋的人,能够站在较远的地方去看全局。

不谋全局者不足以谋一域,不谋万世者不足以谋一时。看全局就是要从各个不同的侧面和角度去观察、分析问题,去研究和把握事物运行之"形"、发展之"势"。下棋的人都懂得一个道理:善弈者谋势,不善弈者谋子。毛泽东同志曾经说过:"没有全局在胸,是不会真的投下一着好棋子的。"井冈山时期,有一次他站在黄洋界上问战士,从这里你能看多远,战士们你一言我一语说能看到江西,还可以看到湖南,毛泽东接着大家的话说:"不仅要看到江西和湖南,还要看到全中国、全世界。"

窥一斑而知全豹,处一隅而观全局,这既是一种胸襟、眼界和格局,又是一种思想方法和思维方式。《汉书·丙吉传》中讲到一个故事。宰相丙吉出门遇到行人斗殴,却不闻不问,驱车而过,当有个农民赶的牛步履蹒跚、气喘吁吁走过时,却马上停车询问缘由。下属不解,问丙吉何以如此重畜轻人。丙吉回答说:"民斗相杀伤,长安令、京兆尹职所当禁备逐捕,岁竟丞相课其殿最,奏行赏罚而已。宰相不亲小事,非所当于道路问也。

方春少阳用事,未可大热,恐牛近行,用暑故喘,此时气失节,恐有所伤害也。三公典调和阴阳,职当忧,是以问之。"由"牛喘"而观"气节"之变,正是落叶知秋、见微知著看全局。

不会看全局的人,难以知未来,也难以保局部,只会盲人摸象,凭感觉走路。现在,有的人总觉得全局是"知乎上"的东西,得由高层或者大人物来思考,自己人微言轻,用不上操那份心;有的或则居"庙堂"常被"浮云"遮蔽了双眼,或则处"江湖"却让"假象"忽悠了心灵;有的习惯于本位主义,盯着自家"菜园地",为了个人或小团体的利益置全局于不管不问和不顾,甚至干出"挖墙脚"的事情来;等等。

看全局,首先得学会"站在较远的地方去看"。"不识庐山真面目,只缘身在此山中。"要避免"当局者迷",有时候就得"跳出来"看,以旁观者的姿态审时度势,以超脱者的状态瞭望观察。其次得学会"站在高高的地方去看"。看全局不但要有角度,还要有高度,有政治高度、思想高度,"先天下之忧而忧,后天下之乐而乐",有了这种高度则视野开阔、胸襟开阔、看得更远。还得学会"站在静静的地方去看"。水静下来才会清澈，人静下来才会清醒。远离喧嚣、浮躁、嘈杂和焦虑，远离各种功利，我们自会看到平时难以看到的东西。

时不时慢下脚步、腾出时间和精力，站在"较远的""高高的"和"静静的"地方去瞭望"诗和远方"，会让我们的路走得更稳更远。

38

落实贵在"头雁效应"

（《人民日报》2018年2月28日）

春节一过，收心开工是第一课。今年是改革发展等各项任务"施工"的高峰期，任务重、事情多，怎样尽早尽快排出工序，抓紧施工，落实到位，"施工队长"至关重要。

从实际情况看，不落实的原因有很多，但根子往往出在一把手。有的喜欢踢"半场球"，习惯搞"半拉子工程"，热衷剪个彩、揭个幕、奠个基、作一通报告，到现场"挥挥手""鼓鼓掌"，就算以示重视、完事大吉了，成了"只摆花架不种花，只摆谱架不弹琴"；有的则满足于作作批示、画画圈,把"说了"当成"做了",把"做了"当成"做好了",既不管"下文"如何,也不听"下回"分解,当起了甩手掌柜;还有的却信奉"不干不够意思,干点意思意思,干完没啥意思",或所谓"不落后头,也不出风头",虽挂帅却不出征,虽坐诊却不号脉,成了"泥菩萨""稻草人";等等。

"万里人南去,三春雁北飞。"当天气转暖、群雁回家时,雁群在天空中飞翔,最重要的是领头雁。头雁勤,群雁就能"春风一夜到衡阳",而头雁惰,只会"万里寒云雁阵迟",这就是"头雁效应"。一把手就好比领头雁。《韩非子》中有一个故事:邹君好服长缨,左右皆服长缨,缨甚贵。邹君患之,问左右。左右曰:"君好服,百姓亦多服,是以贵。"君因先自断其缨而出,国中皆不服长缨。一把手拿出"邹君断缨"的勇气,带头抓落实,与各种形式主义的套路决裂,便会形成头雁先飞领飞、群雁跟飞齐飞的壮丽景观。

一把手作为"施工队长",就是要多拿"图纸"进"工地"、到现场。1983年,时任河北正定县委书记的习近平同志,在正定县城大街上摆开桌子,与群众交流,直接听取群众意见。群众在哪里，现场就在哪里；矛盾、问题和困难在哪里，"工地"就在哪里。现场和"工地"往往是风口浪尖，要到那样的地方去接最烫手的山芋，到矛盾的漩涡中去排难除险，拎着乌纱帽干事，而不是捂着乌纱帽做官。欲让人服从，得先让人服气。"施工队长"到现场、进"工地"，多钻"矛盾窝"，变"给我干"为"跟我干"，则能一呼百应、群而效之。

作为"施工队长"，就是要精准组织施工，抓好"作业面"，随时随地解决问题。邓小平说："我们开会，作报告，作决议，以及做任何工作，都为的是解决问题。"群众也说，领导干部待在上面不下来是官僚主义，下来不干事、不解决问题就是形式主义。"施工队长"要既当指挥员，又当"施工员"，知道派什么"活"和怎么派"活"，自己该干什么、能干什么和怎么干，把任务细化到环节，把责任落实到每个人。哪里工作困难多，哪个环节问题大，"施工队长"就要到哪里去，帮助、寻求解决问题的办法；什么事情最需要办，就亲自去抓什么事情，什么事情最难办，就带头去解决什么问题，一件件抓落实、一项项抓兑现，方能干一事成一事。

一把手是一面旗，迎风一招，让众人响应而去；是一面镜，做得好让人找差距；是一个标杆，有一个刻度在那，让人照着学。抓落实，卡在一把手，难在一把手，重在一把手，成也在一把手。

39

聪明莫过"不聪明"

(《人民日报》2018年2月14日)

清代郑板桥有句传世名言叫"难得糊涂",这实际上说的是一种境界和处世哲学。同样的道理,在不少事情上,也不要过于"聪明",或自以为聪明,有时"不聪明"其实是最大的聪明。

曾被毛泽东称赞为"政治开展,经验亦多"的袁国平,是新四军政治工作的重要开拓者和领导人,在他的眼里,腐败是从公私不分、占公家便宜开始的。他在给侄子的信中写道:"或许有人要说我们是太不聪明了,然而世界上应该有一些像我们这样不聪明的人。"国学大师饶宗颐一生与书为伴，与诗为偶，终生求是、求真、求正，成了达古通今、学贯中西、享誉海内外的国学泰斗，然而他自己却说：我觉得我是个傻瓜，没人像我这样。一个自称"不聪明"，一个自喻为"傻瓜"，实则反映了聪明者的聪明之道，揭示了真正聪明的"密码"。

人的本能，都是追求聪明、向往聪明的。但在有些事情上，却需要一点"不聪明"的劲儿。这种"不聪明"，就是在原则问题上不变通、不通融，讲认真、守得住，有时就得认点死理儿，有点"一根筋"；在是非问题上不投机、不钻营，敢担当、有硬气；在价值追求上不追名逐利、不跟风起哄、不随波逐流、不心浮气躁，有定力、有风骨。

不过，现实中有些人似乎不太明白这个道理，硬"装聪明"的有之，"聪明"过头的亦有之。有的在公与私问题上，总喜欢占小便宜，打小算盘，贪一己私利；有的在是与非问题上，习惯于"装睡""叫不醒"，爱打擦边球、走钢丝，说一些模棱两可的话，做一些似是而非的事，特别会察言观色、见风使舵，当骑墙派；有的在虚与实问题上，热衷于玩虚的、搞假的，尽干一些"云罩雾绕""虚头巴脑"的事，表面文章做得漂亮，甚至阳奉阴违、欺上瞒下，做"两面人"，当"两面派"；有的在名与利问题上，"小脑瓜"转得飞快，"小动作"频频，还搞一些掩耳盗铃的事；等等。

"若要人不知，除非己莫为。"纸是包不住火的，那些自以为聪明的人，总觉得自己做一些事、搞一些名堂是天衣无缝、神不知鬼不觉的，有的则以为自己演技好，而且左右逢源，会有人"罩着"，出不了事。更有甚者看到周围或身边的人搞小聪明、耍小伎俩得了好处、占了便宜，甚至得势又得利，于是也跟着来。这些其实都是在自欺欺人，都得为自己表面"聪明"实则不聪明买单。这些年来，那些特别会"来事"和过于"聪明"的人，或被撕下面具，或自己掉入"坑"里，或占小便宜吃大亏，最终聪明反被聪明误，落个鸡飞蛋打、竹篮打水一场空的结局，不禁让人唏嘘。

聪明莫过"不聪明"，既是一种大智若愚、难得糊涂的处世哲学，更是做人做事做官的一种清醒和自觉。这里所谓的"不聪明"，实际上心里最清楚，在公与私、是与非、虚与实、名与利等问题上，自己的屁股应该坐在哪儿，什么是自己应该而且可以追求的，什么是自己不能也不必向往的，不唯上不唯书只唯实，不跟风不起哄守定力，不要奸不要滑有风骨，真正说老实话，办老实事，做老实人。这种"不聪明"是心中有数和心中有戒的"不聪明"，这种"不聪明"实乃最大的聪明。

多问一问"炮弹"往哪发了

（《人民日报》2018年1月5日）

最近，一位领导同志说，我们干工作、做事情，好比向敌方阵地发炮弹，不能只管"炮弹"发了没有、发了多少，而不管"炮弹"有没有发到敌方阵地上，是不是对敌方有生力量造成有效"杀伤"。这段比喻形象而生动，深刻道出了工作中存在的形式主义问题，耐人寻味、引人思考。

工作中，类似"发炮弹"的现象屡见不鲜。有的只顾发文，诸如"关于××通知的通知"一大串，被戏称为"文件生蛋"；有的一味偏爱开会，大会套小会，对于会议究竟解不解决问题，会议精神有没有落地生根，概不负责，成了纯粹为开会而开会；有的则喜欢搞大呼隆检查，走马观花、蜻蜓点水，或者被安排得好好的，人家给什么看什么，无形中给被检查者站了台、当了托；还有的习惯于表态时调门高、决心大，行动时却"高高举起，轻轻放下"。诸如此类问题，反映出不少干部只管"做了"，却不管"做好"，或者只求"过得去"不求"过得硬"，只管"差不多"不管"差多少"，只为向上"好交差"，却不怕对下"难交代"，甚至不怕因此"交学费"。

"炮弹"是用来消灭敌人、摧毁阵地的，不是用来好听好看好玩、当摆设的。如果把我们的文件会议、检查评比等一切工作比喻成"炮弹"的话，其目的只有一个，那就是解决问题、务实管用。正如毛泽东同志说的："什么叫工作，工作就是斗争。那些地方有困难、有问题，需要我们去解决。我们是为着解决困难去工作、去斗争的。"为什么总有那么一些人喜欢表面热热闹闹发"炮弹"，而不太注意"炮弹"打得怎么样？说到底是政绩观出了问题。一些干部要的是那些看得见、摸得着，立竿见影、急功近利的所谓政绩，只顾往自己脸上贴金，而不顾群众和集体利益，不愿做打基础、利长远的事。政绩观歪了,"炮弹"打出去也就偏了。

不管效果乱发"炮弹",会耽误"炮击"的黄金时间,错过打击"敌人"的有效时机。会造成一种"炮声"隆隆的假象,不是迷惑了"敌人",反而是迷惑了自己,而且还大量地浪费"炮弹"。更重要的是,倘若再让那些发"空炮"的人,不但得不到惩戒反而得到好处,那更是误导和扭曲干部的价值观、政绩观,让不少人陶醉和麻痹于"炮声"隆隆的形式主义中不能自拔。

我们的"炮弹"都往哪发了?多问一问,可以及时发现问题,纠偏纠错,提高"命中率"。"做"是基本的,"做好"才是根本的,一切没"做好"的做,都是白做。我们的干部要力戒一切形式主义,经常检查追问"往哪发""落在哪""命中了没有",看看有没有放"哑炮""空炮"和"礼炮",看看哪些是"虚弹",哪些是"臭弹",及时发现问题,倒逼问题的解决。

多问一问"炮弹"往哪发了,体现的是求真务实的精神和真抓实干的作风,折射出的是精益求精的态度和精准科学的方法。在一次次追问中让"做了"变成"做好",各项工作才能真正做到有的放矢、弹无虚发。

41

话说国运

(《人民日报》2017年10月17日)

一档《辉煌中国》电视纪录片，让"厉害了，我的国"成了不少人的口头禅。一组《还看今朝》全景式画面展示，让锦绣河山闪耀荧屏。"砥砺奋进的五年"大型成就展，让人流连忘返，引来无数点赞。由此不禁想到国运这个话题。

国之运在民之心。今年3月，世界知名咨询公司益普索集团发布了对25个国家1.8万人的调查报告，数据显示中国人对未来最乐观，91%的人认为国家正在变得越来越好。今天的中国，人们为改革发展而欢呼，为反腐成绩而叫好，为科技进步而击掌。大家拧成一股绳，心往一处想、劲往一处使，爱这个国家，愿为这个国家撸起袖子加油干。这就是人心，就是民心，就是国运兴盛的折射。

国之运在国之兴。这5年，中国路、中国桥、中国港、中国网，一个个奇迹般的宏大工程托举起民族复兴的中国梦。前不久，来自"一带一路"沿线20国的青年，评出他们心目中的高铁、支付宝、共享单车、网购这中国"新四大发明"。美国前财长保尔森感慨："中国一跃成为经济超级大国，确实是历史上最不寻常的故事之一。"有人说，中国创下了经济发展和社会稳定的两个奇迹。何尝不是呢？一句响当当的"祖国带你回家"，让多少身居海外的中国人热血沸腾、热泪盈眶。在奔腾不息的历史长河中，从未有哪个国家像中国这样，在如此短的时间里，实现从站起来到富起来又到强起来的壮丽跨越，国运就在祖国的颜值里。

国之运在风之正。这5年，一场没有硝烟的反腐斗争打响，一大批腐败分子纷纷落马。这场以"零容忍、无禁区、全覆盖"为特征的反腐败斗争，既是对政治生态的修复和重建，又是对人心的涤荡和重拾。邓小平同志当年曾说："这个党该抓了，不抓不行了。"如今，历经正风肃纪、反腐倡廉的洗礼，全党全社会风清气爽。调查显示，92.9%的群众对党风廉政建设和反腐败工作成效表示满意。"不信东风唤不回"，党心民心军心的更加凝聚让国运乘风而行。

国之运在势之变。"世界潮流，浩浩荡荡，顺之者昌，逆之者亡。"国运与世界大格局、历史大变局联系在一起。基辛格说："当今的国际体系正在经历四百年来未有之大变局"，布热津斯基感叹："全球力量的中心从大西洋两岸转移到了远东。"环顾今日之世界，守成国家在徘徊，新兴国家在奋起，也还有一些国家在战火中煎熬。而中国正如方志敏烈士当年在《可爱的中国》一文中所憧憬的那样，"到处都是活跃跃的创造，到处都是日新月异的进步"，正以更为成熟、稳健的步伐走近世界舞台中央，这是国运昌盛的节奏，是国运彰显的昭示。

党的十九大召开，这是决定中国国运的大事。中华民族积蓄的能量，要爆发出来。拿破仑曾预言："中国是一只沉睡的狮子，一旦觉醒，将会震惊世界。"如今，这头狮子不但醒来了,而且站起来、强起来了。我们为国运昌盛击掌叫好。

(《人民日报》刊发时改标题为《厉害了,我的国》)

你喜欢怎样的"称号"?

(《人民日报》2017年9月26日)

媒体曾经报道,中国工程院院士、植物病理学专家朱有勇最喜欢的称号是"农民教授"。无独有偶。前不久,不经意间成了"网红"的中国工程院院士、78岁高龄的科学家刘先林也曾经有一个心仪的称号,叫作测绘界的"工人师傅"。

为什么这些大名鼎鼎的人物都喜好这些"草根"味很浓的称号?而有些人特别是有的领导干部,却偏爱这"长"那"长"带"官味"的称号,或者热衷于"老大""老板""头儿""哥们""大当家"等等带江湖气的称号?称号不仅仅是一个简单的叫法,它折射出一个人内心的喜好和偏爱,体现了不一样的世界观、人生观和价值观。

从称号可窥重"官本"还是重"民本"。有的领导干部时时以"长"为贵,处处以"官"为荣,说到底是官本位思想和特权观念在作怪。最近,有两个"官迷"引人关注。一个是"五假干部"卢恩光,在忏悔时连连说自己是个"官迷",而且疯了。一个是大连原常务副市长曹爱华,也是一个十足的"官迷",她所做的一切都是为了自己的升迁。试想,一个"官迷"成瘾的人,怎么会心中有民、做事为民?他们更在乎的是自己的官帽,计较的是官衔,琢磨的是官位,甚至平时连排名次序、走前走后、照相座位都锱铢必较,这样的现象不少见。"官本"还是"民本",孰轻孰重判若分明。

愚者图虚名,智者务其实。元代诗人王冕一生正直豁达,不图虚名,曾于墨梅图上题诗"不要人夸颜色好,只留清气满乾坤"。真正的智者,鄙薄流俗,独善其身。有些人偏偏贪图那些大得吓人、玄得唬人的名号和头衔,有的连名片上都刻意留一大串名不副实的荣誉称号,唯独忘了自己的真实身份,忘了自己是谁、干什么的、从哪儿来的，丢了本色，忘了来路。陈云同志早在1943年曾就文艺工作者中的党员如何明确自己身份问题指出，党员不能把工作的分工"作为特殊化的根据"，"党员就都是党员"。务实乃本，重不重称号，重什么样的称号，像一块试金石，试出一个人是图虚名还是讲务实，是爱独尊还是慕平等。

称号体现好热闹还是喜宁静。当下，心浮气躁、急功近利、焦虑不安是不少人的一种常态，有的静不下、坐不住、等不得，有的习惯于看热闹，喜欢刷存在感，生怕被人忽略或遗忘，反映在称谓上也是高调、张扬和喧哗有余，而对于朴素、直白、简单的东西往往表现出不屑。《道德经》上说，静为躁君。《大学》里讲，"静而后能安，安而后能虑，虑而后能得"。宁静既是一种修为，又是一种力量。"心收静里寻真乐，眼放长空得大观。"宁静的人才会对名利保持一种淡定和从容，才能发现并懂得享受生活中的真善美，才能在纷繁复杂的事物中保持一种定力。人生的真谛是在嘈杂喧闹中活出一种恬静，让生命在宁静中运转，而不是在焦虑中追赶，正所谓宁静以致远。

称号里面有学问，从中既可以看出一个人的思想意识和价值取向，又可以看出他们的思想境界和人格修养，不妨好好观之、听之和处之。

读懂"后排的掌声"

(《人民日报》2017年9月22日)

政论专题片《将改革进行到底》中有一个情节。科技部部长万钢回忆2016年5月30日，习近平总书记在全国"科技三会"作完报告后，对万钢说，你观察到没有，和科技人员切身利益息息相关的掌声，是从后面往前边来的，楼上往楼下传的。万钢也观察到，后面坐的是年轻的科技人员，他表示要从掌声中感受到科技人员的期盼。对于各级干部而言，应该学会听懂"台下的"掌声，从中读出"后排掌声"的含义，读出干事的方向。

掌声也是一种语言，它既是情感的表达，也是情绪的反映。我们经常可以听到各种各样的掌声，也从内心里渴望"掌声响起"。然而，现实中常常看到这样一些现象，有些掌声是一些人自己刻意营造和人为渲染出来的。有的是靠前排的人领掌，后排的人被裹挟着跟掌，此刻的掌声是带出来的，它更多是一种吹捧声、迎合声、附和声；有的则靠哗众取宠、卖弄噱头博得掌声，此刻的掌声纯粹是要来的、哄来的。应该说，这些掌声的含金量是不够的。

人是需要掌声的，也是喜欢掌声的。但是，我们到底需要什么样的掌声？"后排的掌声"有没有响起？该怎样去赢得"后排的掌声"？

掌声是心声，也是民声。通常看，"后面"或"楼上"的，更多是普通百姓，他们的喜怒哀乐、冷暖甘苦从掌声的多与少、先与后中能够折射出来，群众满意不满意、答应不答应、拥护不拥护、高兴不高兴，从掌声的热烈不热烈、自觉不自觉、主动不主动中能透露出来，掌声和他们的切身利益息息相关。"后排的掌声"既是风向标，又是晴雨表，也是温度计，它像一面镜子，照出群众是哭还是笑，是乐还是愁，照出我们工作的好与坏、优与劣。

读懂"后排的掌声",要悉心倾听。我们的改革也好,各项工作也罢,要特别在意和观察"后排"的反应,不能以为只要有掌声就可以了,把"后排的掌声"不当回事,觉得可有可无,无关紧要。忽视或不重视"后排的掌声",那么"后排"迟早会出现抱怨声,说不准哪一天还会听到一片喝倒彩声。

读懂"后排的掌声",在于赢得群众的掌声。"后排的掌声"怎么来?一句话,靠各级干部实实在在干出来,在广大群众真正有了获得感、幸福感之后响起来。前不久,电视播出的《改革在哪里》节目,以大量事实和普通百姓的话,道出了改革在田间地头,在社区医院,在街头巷尾、厂房高校,甚至就在大家的吃穿住行里,等等。群众期待什么,改革就改什么,人民有所呼,改革有所应,说到底改革让群众有满满的获得感,百姓就由衷地为改革点赞。

"衙斋卧听萧萧竹,疑是民间疾苦声。"只要有了这份情怀,带着责任和担当,就能真真切切地听到和读懂"后排的掌声",也能实实在在地赢得"后排的掌声"。

一心干事与一身干净

（《人民日报》2017年8月9日）

前不久，习近平总书记在山西考察工作时强调"让干净的人有更多干事的机会，让干事的人有更干净的环境，让那些既干净又干事的人能够心无旁骛施展才华、脱颖而出"，这席话语重心长，揭示了干净干事的内在大逻辑，道出了为官从政行稳致远的真谛。

一心干事是一种职业操守。有很多干部把职业当成事业乃至生命来看待，体现出人生站位、情怀和格局。"时代楷模"燕振昌一心干事、勇于担当，直到生命终止的前一晚，还打电话给班子成员，细致交代第二天要办的几件事；生命终止前的那一刻，还伏案握笔写下当天要办的事，人们称他"活着是一面旗帜，倒下是一座丰碑"。然而，也有一些人似"大象屁股推不动"，像算盘子拨一下动一下，或像陀螺得抽着转；有的做公家事"磨洋工"，干私家活"打冲锋"，8小时内是官员，8小时外是商人；还有的奉行"多做多错、少做少错、不做不错"的人生信条，搞起了"既不出风头，也不落后头"的所谓"中间主义"；等等。"为官避事平生耻"，在其位谋其政、履其责，找准位子、扑下身子、放下架子、干出样子，这既是一种责任，也是一种担当。一切慢作为、懒作为或不作为都是一种耻辱，都是职业道德的失守，不干事的干部，不但"半点马克思主义也没有"，而且一点干净的样子和味道也没有。

一身干净是一种"政治教养"。列宁曾严厉痛斥"只要有贪污受贿的可能，就谈不上政治"，认为"政治上有教养的人，是不会贪污受贿的"。看一个共产党人身上有没有政治教养，最基本的标准就看他有没有贪污受贿、以权谋私，是不是干干净净、清清爽爽。现实中有的人总觉得只要一心干事，身上有点不干净似乎情有可原，甚至认为可以网开一面,以功抵过;还有的人觉得干事的人"出点事""沾点腥"在所难免,所谓"洗碗多的人容易打碎碗"等,而忽视了这些其实都是政治教养缺失的表现。各级干部决不能以干事为幌子暗度陈仓,或以干事为由为不干净开脱,只有守住底线,做一个政治干净、心理干净和"手脚"干净的人,才为干事装了"安全阀",贴了"护身符"。

"四海皆秋气,一室难为春。"一心干事也好,一身干净也罢,离不开干净的环境,俗话说,环境改变人,环境塑造人。有一段时间,政治生态被一些人若叨若暗的"潜规则"搞得乌烟瘴气,让好人受气、老实人吃亏,"不会来事""不合时宜"的人被边缘化,寒了不少人的心,也让一些人变得所谓"学乖了""聪明了",自觉或不自觉地跟着坏风气走,甚至同流合污。近年来,政治环境已经大为好转,政治上的一些"雾霾"日渐消散,然而,"冰冻三尺,非一日之寒",政治生态的修复有长期性、艰巨性和复杂性。有些问题和毛病,一旦有适宜的气候便会复发,改头换面、粉墨登场。从这个意义上看,政治环境的整治不能只看朝夕,还得只争朝夕,真正形成让干事又干净的人吃苦不吃亏、受累不受气、流汗不流泪、埋头不埋没的好环境。

干事但不干净不行,干净却不干事也不行。事实告诉我们,干事而不干净迟早要出事,表面干净但不干事本质上也是一种不干净。伟大的事业,需要一大批既一心干事又一身干净的好干部。

堵住人生的"管涌"

(《人民日报》2017年7月26日)

在堤坝渗水严重时,细沙随水带出,形成孔穴而集中涌水,即为"管涌",这会引起堤坝下陷,出现溃口,使洪水泛滥。人生的堤坝,细想来,以下"四关"倘若不能及时堵住,就可能导致"管涌"和溃口。

一是焦虑关。眼下,一些人似乎有一种焦虑情绪,急着出名、急着赚钱、急着升官。有的搞五花八门的"抢镜""出位"和"炒作",有的"一年没提拔、心里有想法,三年没挪动、急着去活动"。有人说:"也许最后杀死你的,不是致命的病毒,而是你总要跑过时间的心急,因为没有人能够打败时间。"人生短暂，当然要只争朝夕，但成败绝不只看朝夕，有些事情只能慢慢来，如俗言"心急吃不了热豆腐""一口吃不成胖子"。这就比如，故宫修复古建筑和文物，绝不能一味催工期。工匠精神、绣花功夫的背后便是慢工出细活，它与焦虑无关。

二是倦怠关。有人说，现在人们普遍进入一个倦怠期，一些人常常把"烦死了""没意思""无所谓"挂在嘴上，提不起精神，鼓不起兴趣。有的人工作上很随意，对职业缺乏持久热情，兴奋期越来越短，三天打鱼两天晒网，动辄跳槽。有的生活上很随便，喜欢"宅"着，慵懒、散漫。倦怠是精气神的流失，会让人变得抑郁和冷漠，这是成长路上的绊脚石。奋斗的时代呼唤"撸起袖子加油干"，伟大梦想需要激情和热情的浇灌，让各种各样的倦怠远离我们，才会有朝气蓬勃、奋发有为的明天。

三是骄娇关。现在，老虎屁股摸不得的人不在少数，其折射出来的是一些人身上骄、娇二气越来越重。出了一点成绩便沾沾自喜、忘乎所以，有了一点贡献则评功摆好、自我吹嘘，变得飘飘然。一些人则吃不了苦、受不了罪、忍不了委屈、经不起挫折和失败，抗击打能力越来越弱。骄兵必败，娇贵必夭。骄、娇二气是惯出来的、宠出来的。如今不少人习惯生活在顺境中，听到的都是恭维声、吹捧话，自我意识膨胀，听到一点不同的意见、反对的声音、批评的话语，就反弹得厉害。人生好比赛场，要经得起嘘声的考验，扛得起喝倒彩的压力，不能只当"顺风耳"，得学会到大风大浪中去冲浪，到逼得自己没退路的环境中去搏杀，人生之树才会向着阳光健康顽强地生长。

　　四是人情关。首先是人情围猎关。有的人表面看无所求，平日里总是嘘寒问暖，需要时随叫随到，既不送礼也不给钱，不过实际上早已挖好了坑，布下了无形的陷阱。唯练就金刚不坏之身，方能经得住"不走钱""热心肠""烧冷灶""做长线"的"隐公关"，经得起温水煮青蛙式的感情牌敲打。其次是人情冷落关。不少人感叹现在人情味越来越淡了，过去逢年过节门庭若市的景象不见了，这本来应该是新气象，可在一些人心里很是失落，总感到"不舒服""很难受"，在工作中提不起劲，不想不愿作为。能不能在平淡中坚守初心、坚持本真是大考验，也是大本事。

　　人生的"管涌"，就是关口、就是险情，堵住了人生的"管涌"，便能行稳致远。

46

和国家一起成长

(《人民日报》2017年6月16日)

最近,有两位中国留学生在美国的毕业演讲引发热议。有网友留言说,我还是相信绝大多数留学生是真的想要和国家一起进步。

怎样看待自己的国家,怎样讲好祖国的"那些事",成了越来越多的人走出国门后的又一种考试。客观地讲,每个人看问题、观事物的角度和方法会有所差异,但爱自己的国家却始终是"千百年来固定下来的对自己祖国的一种最深厚的感情"。虽然"这个家"会有这样那样的缺点和不足,但平心而论,当下"我的国"的确长大了、长高了、长壮了。且不说经济总量等一连串数据，也不说航母下水、大飞机上天、可燃冰开采等一系列大事件，单说高铁出行、共享单车等人们感同身受的生活细节，便足以让国人感叹"厉害了，我的国！"

前不久，有位旅居美国的台湾老人写下《到上海的新体验》一文，深情谈到上海的"软体进步与发展"。文章说到一个细节，那就是他第一次使用"久闻大名"的支付宝，让他大为吃惊的不是付款方式，而是普及性，"我就是想看哪里不能用，我投降了，连地铁车票充值机，甚至路旁饮料贩卖机也都可以用支付宝，等于钞票了"。他更举例感慨上海人的热心热情、主动帮忙和礼貌修养，这些"以前从未经历过的事"，让他感叹自己"这次算是土包子了！"有美国媒体也感叹道：今日的中国，在世界上的形象，一年前还难以想象。

这些年，国家的成长进步日新月异。然而，现实中也总有那么一些人，面对国家的成长显得格格不入，只是走过路过，围观凑个热闹，似乎事不关己高高挂起；有的做局外人，看起来激动，讲起来生动，做起来不动，兴奋一阵子就各忙各的去；更有甚者，只喜欢指指点点，专挑刺找毛病揶揄；等等。

天下兴亡，匹夫有责。面对国家的成长，该怎么办？和国家一起成长是最好的选择，这既是一种自信，又是一种情怀。新中国成立的时候，多少爱国志士集结在了她的怀抱，开始"和国家一起成长"。在美国待了20年的钱学森，在新中国成立后的第六天，便萌发了"回到可爱的祖国去，为新生的共和国贡献自己的智慧和力量"的心愿。还有李四光、邓稼先、周培源、钱三强、苏步青、王淦昌，等等，一个个金光闪闪的名字成了那一代人"和国家一起成长"的精神标杆。

"苟利国家生死以，岂因祸福避趋之。"和国家一起成长，就是要一起去经受成长的艰辛和跋涉，撸起袖子苦干实干加油干；就是要一起去经历成长的纠结与阵痛，共同面对各种各样的矛盾、问题和困难，面对形形色色的捧杀和棒杀、若明若暗的围堵和打压；就是要一起去享受成长的幸福和快乐，感受国家发展的红利和荣光。和国家一起成长，多些理解和支持，就会少些埋怨和指责，少些嘲讽和挖苦。

"国家好、民族好，大家才会好。"和国家一起成长，我们的心胸、视野、境界和格局便会随之成长。

47

烂石生好茶

(《人民日报》2017年5月9日)

明代洪应明有一本名著叫《菜根谭》,作者以"菜根"为书命名,意思是说人的才智和修养只有经过艰苦磨炼才能获得,正如俗话所说:"咬得菜根,百事可做。"

人生需要历练,也需要磨难。然而,在哪历练、怎么历练,对于一些人来说未必清楚。有的长年"隐"在机关、"窝"在高楼,吃不上"劲";有的虽然走出了深宅大院、下到了基层,但习惯于浮在面上,热衷于做一些立竿见影的事、干一些唾手可得的活;还有的则今天一个地儿明天一个岗,不停地"下跳棋",还美其名曰

"多岗位锻炼";等等。不愿、不想、不敢到基层一线去,或者说表面上去了,但没有到"吃劲"的岗位上吃大苦、流大汗,经历虽然好看却不好用,最终成不了大器、干不了大事。

所谓"吃劲"的岗位,大多在基层一线和艰苦边远地区,或是那些相对要紧,得费力气、下功夫的岗位。有的往往事关重大,牵一发而动全身;有的常常时间紧、任务重、压力大,迫在眉睫、时不我待;有的时时矛盾多、难度大、问题复杂,得使出浑身解数,诸如一些地方的改革发展、征地拆迁、扶贫攻坚、招商引资、信访维稳;等等。这些岗位,都有很大的挑战性甚至风险性。一些人之所以不愿、不想、不敢到这些"吃劲"的岗位上去磨炼,原因无非一怕吃苦受不了,二怕吃力干不了,三怕吃亏忍不了。这怕那怕,说到底是对"吃劲"岗位的价值和意义认知不足,源于身上的担当精神不够。

"吃劲"岗位是大熔炉,可以锤炼意志。在"吃劲"的岗位上历练,得啃"硬骨头",接"烫山芋",干的是苦活累活,打的是大仗硬仗,乃至是遭遇战,有时会急得像热锅上的蚂蚁,这样的事经历多了,我们也就成长成熟成才了。

"吃劲"岗位是大学校,可以增强本领。"吃劲"岗位要面对不少新情况、新问题,很多都是没有经历过的,得自己去悟去破解。在"吃劲"的岗位上工作,往往现有的知识不够用,只有不断地学习才能赢得主动,在破解难题中不断总结提高,积累经验、丰富自己。

"吃劲"岗位是大舞台,可以施展才干。在"吃劲"的岗位上干,需要几把"刷子",有时还得用出"洪荒之力"。急难险重的关键处就是大舞台、大战场,让你的十八般武艺充分展现。

"吃劲"岗位是大摇篮,可以培养才俊。战将起于硬仗,千里马出自原野。"吃劲"的岗位,是练就好干部的地方,在"吃劲"岗位上历练过,必定比他人多一份底气和自信,多一份从容和淡定,多一份顽强和坚定。

陆羽《茶经》中将茶树生长的土壤分为上者生烂石、中者生砾壤和下者生黄土。倘若把成才比喻成茶树的话,那它必定是要在"烂石"中生长的。只有到大风大浪中去冲浪,到急难险重中去摔打,到逼得自己没有退路的环境中去搏杀,到"吃劲"岗位上去锻造自我、砥砺人生,成长成才方指日可待。

48

让"朋友圈"清清爽爽

(《人民日报》2017年2月7日)

记得小时候,长辈们总是叮嘱子女,不要和那些"不三不四"的人交往,小心别被他们带坏了。这些年,有不少人直接栽倒在朋友圈,或受到朋友圈中"负能量"多的人的不良影响。远离"负能量"的人,不断净化朋友圈,是摆在每个人面前的重要课题。

远离"能量大"的人。有一种人总是神秘兮兮,给人感觉来头很大、"水很深",似乎什么事情都不在话下,都敢于拍胸脯包办。这种人往往不是吹牛撒谎,就是在拉大旗作虎皮,甚至胆大妄为、胡作非为。然而,很多人对他们常常心生仰慕和迷信，会不由自主地攀附上去。和"能量大"的人交往，容易被其蒙蔽，说不准哪一天被带到沟里去还浑然不知。

远离"会来事"的人。他们往往整天阿谀奉承，善于揣摩心思、投人所好，甚至想你之未想、急你之未急，特别善于帮你"摆平""搞定"麻烦。他们多喜欢吹吹拍拍、拉拉扯扯，油腔滑调、见风使舵，甚至结党营私、拉帮结伙。与"会来事"的人相处，容易被带进"圈子"、结为团伙，陶醉于你来我往、投桃报李的人际关系中，渐渐被各种庸俗哲学网罗其中。

远离"花大钱"的人。出手阔绰、花大钱不眨眼的人，未是豁达大方。"天下没有免费的午餐。"掉馅饼之时，往往是有陷阱之日。大手大脚为你花大钱的人，绝不是无私慷慨，多半恰恰是居心不良，或有求于你，或图来日回报，即便都不是，迟早有一天也要从你那寻求弥补。与这样的人相处，久而久之会"被围猎""被绑架"，成为一条绳上的蚂蚱。

远离"江湖气"重的人。有一种人开口好兄弟，闭口铁哥们，甚至豪言不惜两肋插刀，一副很侠骨、很仗义的样子。江湖气说白了是一种匪气、痞气和戾气,在官场上叫"官油子",在社会上叫"老油条"。和"江湖气"重的人相处,甚至搞"金兰结义",狼狈为奸、沆瀣一气,势必会被拉下水。

远离"颓废消极"的人。现实中,有的人似乎什么都不在乎,动辄看透了,他们或则整天只知吃喝玩乐、歌厅泡吧、搓麻桑拿,或则意志衰退、精神滑坡、萎靡不振、不思进取。如果身边围的都是这些人,耳濡目染纸醉金迷、贪图享受的生活,甚或不以低级趣味为耻、反以为荣,乃至觉得在他们面前自己落伍了、老土了,那么变坏也就是迟早的事。

远离"自由散漫"的人。有的人一味主张个性张扬,强调活出自我,往往天马行空、目无纲纪。这种人大多不讲约束,组织观念淡薄,集体意识淡化,懒散疲沓、松松垮垮。"浅近轻浮莫与交,地卑只解生荆棘。"和自由散漫、轻浮轻率的人交往久了,往往会向往"牛栏关猫,进出自由"的生活,逃避监督、规避管理,这其实离出事也不远了。

尽管近朱者未必赤、近墨者未必黑,但毋庸讳言,不是每个人都有这般秉性和定力，人与人之间也是容易相互影响的。一个人要行得稳、走得远、飞得高，就得慎交友、结好伴，让自己的朋友圈"如入兰室"，神清气爽。

49

当领导的要敢于"认账"

(《人民日报》2016年12月23日)

年关在即,回顾总结走过的路、做过的事、取得的成绩,很有必要。其中,对于曾经的承诺,特别是对于那些问题、差距和不足,当领导的带头坦诚面对、敢于认账,显得尤为重要。

认账是对自己言行事实的一种确认,也是对既成事实的一种态度。然而,现实中当领导的不认账现象还是屡见不鲜。有的喜欢争功诿过,见成绩和荣誉争着往前拱,一味往自己脸上贴金、往功劳簿上"贴花",热衷于向上表功邀功,而对于工作中的毛病、问题和不足,讳莫如深，或闪烁其词、虚晃一枪；有的对之前的表态和承诺，语焉不详，只字不提，似乎压根就没有说过；有的出了责任事故时，第一反应是搞"封口""统一口径"，急着灭火而不是救火，忙着撇清，或找人代过、推给他人，避之唯恐不及；有的对于决策失误，一味归咎于客观，对自身造成的过失、过错死扛硬撑，最后拍屁股走人；等等。

不认账，就是不担当、不负责，是一些干部不作为的反映，是一种不良习气。不认账，无非是"怕"字当头。一怕失面子，觉得认账会在部下、同事、媒体和社会上失去作为领导的尊严和体面，有损自身形象，感到很难看；二怕打板子，害怕认账会脱不了干系，被问责追责，挨批评、受处分，惹火烧身；三怕丢帽子，担心认账后位子保不住，饭碗被砸了；等等。这怕那怕，说到底是私心作怪，只考虑自己利益得失，却忘了人民利益取舍，只顾及自己面子是否受伤，却不管党的形象是否受损。

"言必信，行必果。"当领导的要说到做到，没做到的就公开承认，讲明情况、讲明原因，这本没什么大不了的事情。"一捂二瞒三掩盖"的结果就是适得其反，甚至欲盖弥彰，越捂越捂不住，越盖越被揭"盖子"。认账，说白了就是有人出来认这个责任，说话算数。领导意味着责任。延安时期，毛泽东同志有一次曾当众脱帽、鞠躬担责，他在延安党校礼堂开会时说：这个党校犯了许多错误，谁人负责？我负责，我是校长嘛。整个延安犯了这许多错误，谁人负责？我负责，我是负责人嘛。"为官避事平生耻。"当领导的就是要不避事、不推诿、敢担责，认账就是最好的担当和负责。

俗话说，"瓜无滚圆、人无十全"，人难免有过失过错，有则改之无则加勉。而改之的前提是认之，所谓"知耻而后勇"，体现的是一种实事求是的精神。当年焦裕禄在讨论一个事件时，面对工作中的错误，曾坦诚地说：你不敢承认我们瞎指挥、犯了错误，你就得不到人民的信任。我们要向兰考百姓、父老认错啊。这就是一种胸怀和境界。最近，一些地方纠正几年甚至几十年前误判、错判的案件，不放过旧账、敢于认账，赢得了人心。

还账不赖账，交账不欠账，当领导的应当时时刻刻心中有本账，经常算一算，敢于认账、及时还账，让人民群众真正对你买账。

50

"亲清"与亲情

(《人民日报》2016年11月22日)

国家统计局原局长王保安"摔跤"了,而在他落马后,他的一个弟弟同样"栽跟头"了,另一个弟弟也失去了自由。这几年,这种兄弟、父子、夫妻"捆绑出事""结伴被查"现象屡见不鲜。领导干部应当警醒深思,究竟该如何厘清亲人间的关系,构建起健康正常的亲情观。

习近平总书记曾语重心长地告诫领导干部,新型政商关系,概括起来说就是"亲""清"两个字。对于领导干部来说,同样应当把"亲清"注入家风,厚植于亲情当中,让它成为家庭成员之间的一种默契、习惯和自觉。

无情未必真豪杰，亲人之间当讲"亲"。讲亲情、重亲情，这既是我们民族文化中的优良传统，也是维系家庭和谐的美好纽带。繁体字的"親"，一边是"亲"，一边是"见"，意谓亲人要经常见见面、谈谈心，相亲相爱、抱团取暖，互相关心爱护、互相理解信任、互相提醒支持。

然而，亲人间更应当讲"清"，"清"是亲的最大保障。亲情中讲"清"，就是要在是与非、公与私上清清楚楚，大是大非有原则、大道大理有方向，不干糊涂事、不做糊涂人；在名与利、钱与物上清清白白，深明为官经商必须泾渭分明，鱼和熊掌不可兼得；在来与往、情与爱上清清爽爽，人情往来不感情用事，不被亲情裹挟。

遗憾的是，一些人并不这么想，也不这么做。有的把情感的驿站异化为不良习气的温床，有的因工作忙顾家少而有亏欠感，总想为亲人办这事那事来弥补，还有的一味琢磨怎么不让老婆孩子吃苦、受累、遭罪。亲情观出了问题，亲情则必定变味、走样。结果就是"全家福"毁于"全家腐"，有的"家就是权钱交易所"，家长成了"权钱交易所所长"；有的把自己扭曲了的人生观、价值观"传染"给儿子，要儿子"做人学会走捷径"，而且一手给儿子设计这条"捷径";还有的搞"一人得道,鸡犬升天",七大姑八大姨跟着沾光。

在亲情中讲"亲清",把"亲清"厚植于亲情,才是真正的爱、最好的亲。老一辈革命家张闻天无论身居何位,从不为家人谋私利,有时为了避嫌甚至"苛待"自己最亲爱的人。他曾经严词拒绝为儿子上大学打招呼,说"你有本事上就上,没本事就别上",他还"无情"地不让患肝炎的儿子回北京治疗,说"你有什么资格来北京看病,肝炎完全可以在当地治疗",这种"苛待"在常人眼里几乎到了不近人情的地步。

润物无声、大爱无痕。优秀共产党人对至爱亲朋的这种"清",饱蘸着深情大爱,道是无情却有情。也正因为这种"清",让家人过得平安健康、心安理得,活得高贵而有尊严,虽然没有大富大贵却也没有大起大落,虽然平凡却不平常,虽然平淡却不平庸,成了群众的好榜样、干部的好标杆,为"亲而又清"作了最完美的诠释。

在亲情中讲"亲清",为亲情系上"保险带"、装上"安全阀",才能让每个家庭更加洒满阳光、充满温暖,亲而又清、清而更亲。

扣好人生的每一粒扣子

(《人民日报》2016年10月31日)

有人说,人生好比穿衣服,要想穿戴整齐、美观好看,扣子得扣好。人生总有那么些关键处、转折口、紧要时和危险地,把这些"扣子"扣准、扣紧、扣牢和扣踏实了,才叫扣好了人生的每一粒扣子,才能让人生之路行稳致远。

扣好人生起步开局的第一粒扣子。"凿井者起于三寸之坎,以就万仞之深。"青春洋溢、风华正茂之时,正是人生之路起步的关键处,这个阶段得打好基础、抓好养成。现在社会上、校园里,还是有那么一些年轻人总感觉茫然困惑，对自己的人生之路"往哪走""怎么走"胸中无数、心里没谱，更有甚者还贪图享乐、空虚无聊，游戏人生、虚掷光阴。作家柳青说过："人生的道路虽然漫长，但紧要处常常只有几步，特别是当人年轻的时候。"人生是单行道，起步错了难免绕弯路、走远路。上好人生的第一课，确立好人生的起跑线、基准线，才能让起跑成为起飞的开始。

扣好人生失意失落这粒转折的扣子。人的一生，常常会碰到这样那样的挫折、不顺和打击。碰壁了，甚至失败了，怎么办？有人灰心丧气、失望彷徨，有人不堪一击、一蹶不振，更有人自暴自弃、破罐子破摔。这些年，个别所谓"高官"，其贪腐之路越走越远、越陷越深，正是从最初的期望受挫、政治上失意开始，逐步失去志向、失去信仰，最后难以回头的。人可以被击败，但不可以被击倒。当一个人碰到困难、失败和过不去的坎时，只要精神不滑坡，办法总比困难多。在痛苦与焦虑中，说不定正蕴藏着人生的华丽转身、精彩转型。

扣好人生得志得意这粒紧要的扣子。人生最容易迷失自我的时候，往往是得志得意、平步青云的时候。这时候，鲜花遍地、掌声四起，听到的是赞歌、看到的是笑脸、响起的是"礼炮"、面对的是恭维，很容易变得飘飘然、昏昏然、沾沾自喜、骄傲自满，甚至自以为是、刚愎自用。成功的人生，其实一直在做两件事，一是在失败中站起来；二是从成功中走出来。扣好得志得意这粒扣子，就是要在成绩面前看到不足，在成功面前看到差距，始终保持谦虚谨慎、戒骄戒躁的警觉和自觉，才不会"平流无石处，闻说有沉沦"。

扣好人生"降落""着陆"这粒危险的扣子。据说，飞机起飞着陆之时，危险系数最高。有一种"59岁现象"，说的正是当一个人临近离退休时，容易产生歇一歇甚至最后"捞一把"的心理，没能保持住晚节。电视专题片《永远在路上》中有一段白恩培的反省画面，他说自己"副部级以上都二十多年了，正部级岗位上也十多年，没想到老了老了，放松了对自己的要求"。同样，李春城也说："按照通常的退休年龄，这将近一生了，居然因自己的错误这样收场，何其悲哀！"这都是活生生的案例和教训。人应当退休不褪色、离岗不离队、放松不放纵，给自己的人生画一个漂亮的句号，交一份满意的答卷。

人生这件"衣服"要扣的扣子很多，但这"四粒扣子"至关重要，它是人生处于关键处、转折口、紧要时和危险地的把握，关系到人生整件衣服是扣歪、扣松，还是扣正、扣紧，务必慎之又慎。

52

多看群众表情

（《人民日报》2016年8月30日）

眼下，各地换届工作正在陆续进行。换届到位后，需要做的事情会很多。到群众中去、到基层一线去，养成多看群众表情的作风和习惯，显得尤为重要。

干部是要为百姓办事的，这本来是很清楚不过的事。但总有那么一些干部，习惯性地把领导点头当劲头，有意无意置群众的需求于不顾，更有甚者动辄对群众吹胡子瞪眼睛。这些现象，从走上新的领导岗位时就得时刻警醒，并从骨子里扭转和改变过来。

群众表情是一扇窗，可以看出他们所思所虑。眼睛是心灵的窗户,脸色是心事的流露。被群众誉为"太行新愚公"的李保国,当初到贫困村推广苹果套袋技术时,从群众茫然的表情中读懂了乡亲们一时半会儿无法接受新技术和无钱买纸袋的心思,于是拿出了自己仅有的5万元科研经费,买来纸袋并且手把手教村民套袋、掌握技术。群众的脸色是情感、情绪的真实流露,心里怎么想的就会写在脸上,或不解、困惑、迷茫,或无奈、失落、麻木,或激动、兴奋、期盼,只要我们细心观察、悉心体察,便能读懂他们的所想所忧所盼。从这个意义上讲,群众的表情是重要的信号,这个信号就是干部努力的方向、工作的重点。

群众表情是一面镜子,可以照出干部的好与坏。有的干部习惯高高在上,对群众冷漠,群众自然会不愿搭理他,见了面也会脸无表情;有的干部喜欢做样子,表面文章做得好,群众自然不买账,脸露不屑。群众的表情是晴雨表、风向标,脸色好看,说明干部的工作做得好,在群众心中的形象好;脸色难看,说明工作做得不好,或不够好,而且形象差。基层常可以看到这样的情景,当群众反映的问题解决后,群众会笑得像花儿一样。"君子不镜于水,而镜于人。镜于水,见面之容;镜于人，则知吉与凶。"以群众的表情为镜，可以照出我们的差距和不足，看到问题和矛盾，以更好地弥补和改正。习近平总书记说："党中央的政策好不好，要看乡亲们是笑还是哭。"群众笑了，我们自己干得也更开心。

群众表情是一本书，可以读出他们背后的故事。"人之命在元气，国之命在人心。"人们或许都还记得，多年前曾经轰动一时的著名油画《父亲》，当我们看到父亲那沟壑纵横、满是土色的脸时，我们读懂了衣食父母的含辛茹苦、酸甜苦辣，那张布满皱纹的脸，见证了岁月的沧桑。《父亲》的原型是大巴山的老农民，正如作者罗中立所说："农民是这个国家最大的主体，他们的命运实际上是这个民族和这个国家的命运。"从这个意义上讲，群众的表情是一本绝好的教科书，从中读懂历史、读懂人生、读懂我们这个苦难的民族，进而从内心生出对群众深沉的敬重，把实事办到群众的心坎上。

当年，焦裕禄曾大声疾呼："咱们不能光看领导的脸色，还是要看看群众的脸色吧。"今天，尽管时代发生深刻变化，但我们仍然应当经常地而不是偶尔地、认真地而不是敷衍地看群众脸色，把读懂群众表情作为自己的基本功。

53

要争气不要斗气

(《人民日报》2016年8月9日)

俗话说:"佛争一炷香,人争一口气。"从一定意义上讲,人活着就是为了争一口气。有的人曾家境贫寒、出身低微,被人瞧不起、看不上,然而刻苦努力、一路打拼,最终靠苦学苦干成就一番事业;有的人在学习、工作上曾落后于人,事不遂愿,然而卧薪尝胆、奋发作为,结果弯道超车,令人刮目相看。

懂得争气、努力争气的人,血是热的,心是澎湃的,生命是年轻的,如破土小草茁壮地生长,似破茧之蝶顽强地展翅,充满蓬勃向上的生机与活力。当年鲁迅先生对笔下的阿Q是"哀其不幸，怒其不争"。俗言"可怜之人必有可恨之处"，阿Q的"可恨之处"便是不争气。

人，应该争气、必须争气。人生一世，草木一秋。"雁过留声，人过留名。"来到这个世上，大多数人都想踏踏实实做几件有意义的事，轰轰烈烈干几件增光添彩"长脸儿"的事。"中国铁路之父"詹天佑，正是冲着有外国人称"能够修筑铁路的中国工程师还没有出世"的挖苦，顶着重重压力，用不到4年的时间建成了原计划6年完工的我国自主修建的第一条铁路——京张铁路；铁人王进喜"宁肯少活二十年，拼命也要拿下大油田"，为国分忧解难、为民族争光争气；还有当年曾经让无数国人扬眉吐气的女排姑娘，以漂亮的"五连冠"打出了国威，赢得了尊严；等等。这些早已成为我们"集体记忆"的故事，生动地诠释了争气的意义和价值。

人靠什么争气？不是靠嘴巴吹出来的，而是靠实际行动干出来的。争气实际上争的是志气和骨气，最终还得靠本事和本钱，靠实力和实干。越是在遭受挫折的时候，越需要争气；越是在遭人歧视的时候，越需要争气；越是在受制于人的时候，越需要争气。干出了成绩，取得了成功，就是最有力的争气。

真正懂得争气、学会争气的人，是不会也没必要去斗气的。斗气就是赌气、撒气、怄气，往往你争我斗说气话、发脾气。或极尽讽刺挖苦之能事，贬损他人，伤人面子又伤人里子；或互不相让，"顶"在那里"掰手腕"，非得争高低、论输赢、决强弱；或图自己一时痛快，"撂挑子""卸担子"；等等。"千里家书只为墙，让他三尺又何妨！万里长城今犹在，不见当年秦始皇。"赌气、撒气、怄气，或许能解一时心头之气，实际上非但解决不了问题，反而伤身又伤心，伤人又伤己。《三国演义》中诸葛亮"三气"周瑜，周瑜大叹"既生瑜何生亮"，结果斗气而亡。眼下，一些人"路怒"开斗气车，也常常因一时之怒而酿成大祸，教训惨重。斗气好比蜜蜂蜇人，"把整个生命拼在对人的一刺之中"。赌气堵的是自己的路，斗气伤的是自家的命。人可以较真不可以较劲，可以红脸不可以翻脸，斗气就是在较劲和翻脸。

争气是强者的阶梯，斗气是弱者的拐杖。要争气，不要斗气。

54

有所戒才能有所成

(《人民日报》2016年7月22日)

领导干部该怕什么、不该怕什么,应该是有标准和尺度的,然而一段时间里却变得有些模糊不清,以至于该怕的不怕,不该怕的又怕。从某种程度来说,眼下"有所怕"显得较为关键。

怕"头脑昏"。一些人"头脑昏"有两种情况:一种是辨不清方向、是非,分不清好坏、对错,不能成为政治上的明白人;一种是有了一点成绩,就飘飘然、昏昏然,陶醉于鲜花和掌声中,思想麻痹或头脑膨胀。头脑犯糊涂,就容易使自己裹足不前,失去方向感甚至栽跟斗、犯错误。

怕"耳根软"。干部应该是群众的主心骨，主心骨就应当有主见。然而，有的人或偏听偏信，听风就是雨，常常被人牵着鼻子走；或想法多变、摇摆不定，今天一个主意、明天一个主张，或容易被人"软化"，原则性差、定力不够，有的甚至一点小事就搞得心烦意乱，自己先乱了阵脚。"耳根软"的人，难以成事，亦难以凝心聚力。

怕"肩膀松"。肩膀硬、腰板直，敢负责、能担当，是领导干部特别需要又容易缺失的一种品格。面对矛盾问题时，有的做起了"圆滑官"，绕着走、避着行；面对压力挑战时，有的打起了"太极拳"，习惯于"闪转腾挪"；面对歪风邪气，有的当起了"鸵鸟"，爱惜羽毛、明哲保身。俗言"天塌下来，有高个子顶着"。领导干部应当是能扛事、敢担事的"高个子"，正所谓"苟利国家生死以，岂因祸福避趋之"。

怕"心眼小"。心眼小，则气量小、胸襟窄、格局低。一些人成不了大器、干不了大事，源于心眼小。做人赢在格局，干事成在胸襟；有的不能容物容事，老虎屁股摸不得，听不得批评意见；有的患得患失，只算小账不算大账；有的多心疑心，简单问题复杂化，精明而不高明。凡此，如何成事，如何得人？

怕"屁股歪"。姿态影响状态，状态决定生态。有的人习惯于坐在自身利益和小集体、小团伙上说话办事，有的热衷于为一小部分人甚至一小撮人服务，有的裁量事情不能出以公心、办事不公道、处事不公平而搞亲亲疏疏。不能跟广大群众坐在一起，不能站在大局上看问题，很难让大家心服口服、齐心协力跟着走，反而会把一个地方和单位的风气搞坏、人心搞散。

怕"手脚长"。有的人处理不好公与私、人与我、官与商的关系，或占公家的便宜、挖公家的墙脚，损公肥私、化公为私，甚至以权谋私；或凡事以我为中心，搞"你的就是我的，我的还是我的"；或拎不清官与商的界限，捆绑在一起，勾肩搭背、投桃报李。"手莫伸，伸手必被捉。"当干部的手脚一定要干净，特别是"常在河边走的"，更要保持定力，做到"就是不湿鞋"。

为政者要善怕，心有敬畏、行有戒尺，掌握好分寸、把握好自己，大到走什么路、读什么书、交什么友，小到吃什么饭、说什么话、去什么地方等，都应该有边界和底线。如此，才能站得稳、走得顺、行得远。

55

做好人生的"选择题"

(《人民日报》2016年6月14日)

人的一生,有些东西与生俱来、难以改变,有些东西则可以自主选择、自我把握。选择对了、把握住了,则人生没有虚度,相反就可能枉度一生,不可不慎。针对一些人的思想纠结,我们应做好这样四道人生"选择题"。

不图"背景",当有辛苦勤劳的"背影"。有的人总盼望能有点"背景",背靠大树走捷径。于是千方百计攀高枝,千辛万苦抱大腿,削尖脑袋进圈子,有的甚至丧失人格和尊严,甘当门客与"家臣"。他们或许会得利于一事、得势于一时、得逞于一阵，最终"背景"都会成过眼烟云，靠山甚至可能成危险的"火山"，有的因此摔得很难看。俗言"英雄不问出处""自古英雄多磨难，从来纨绔少伟男"，多少有成就的人都出身寒门，但他们平凡而不平庸，草根而不"草包"。其中的关键就在于，是选择奋斗还是选择享受，是找"背景"还是留下辛苦的"背影"，能不能吃苦受累、自强不息。

可以没有奇迹，得有奋斗向上的轨迹。人生好比一场长跑，有的人能创造奇迹，不断跑出新的纪录，更多的人则只能一步一个脚印地跑完全程。但不管怎样的人生，都应该有自己清晰的成长成才路径，不能浑浑噩噩、迷糊不清。现实中，一些人似乎既不奢求、不贪图有什么奇迹出现，又不去追求有意义有价值的人生，而是得过且过，做一天和尚撞一天钟，行尸走肉沉湎于纸醉金迷、吃喝玩乐。回过头看，人生一路走来的脚印错乱不堪，或模糊不清，出不了彩、留不下风景。人生可以没有跳跃式的奇迹出现，但一定要过得有模有样、有滋有味、有声有色，干一件事成一件事、做一样东西像一样东西，走出一道不错的人生轨迹。

不可"出事"，得有可堪回味的故事。对于每个人来说，人生之舟经不起事故的颠簸，任何事故都有可能在瞬间让自己的人生拐弯和转向，特别是大的事故可能就此逆转甚至葬送人生前程。我们要避免事故，但得有这样那样的故事发生，没有故事的人生平淡无奇，过于沉寂，像一潭死水荡不起涟漪。有故事的人生充满意趣，有故事的人有内涵、有厚重感，越有故事的人越沉静简单、从容不迫。当然，故事如果处理不好，也许会演变成事故，在一定意义上讲，故事就是没有变成事故的事。事故不堪回放，故事可堪回味。美好生动的故事是人生的一笔宝贵财富。

不慕权力，得有正向影响力。权力是把双刃剑，用得好则造福于人，也为自己的人生增光添彩，用不好则既害人害己，又误事坏事。同时，握有权力，就会面临各种各样的捧杀、诱惑、陷阱和"围猎"。贪图权力，为无权或权力小一点就纠结、伤神，而不及时修养心性，以致德不配位，则很容易腐化堕落。"人可一生不仕，不可一日无德"，思想道德的影响力是持久而深远的。我们最应该做的，是不慕权力，而去思考如何活得有影响力，从思想观点上、道德品行上、人格魅力上立身，方能成就人生价值。

　　人要过得精彩，活出价值，就得好好思考什么可以有、什么可以没有，不该有的不强求、不折腾、不贪图，该有的不缺位、不缺席、不缺失，这样的人生才丰富多彩。

56

"软落实"岂能成避风港

(《人民日报》2016年5月20日)

　　一位在基层工作了40多年的"老基层"感叹说,现在层层讲落实、天天讲落实、大会小会讲落实,可上面的精神有的就是不到位、不落地,"看起来很美",却得不到实惠。这位"老基层"的困惑和苦恼道出了现实中一种值得注意的"软落实"现象。

　　"软落实"是表面上的落实,实际上没落实。据说某地广场上,有一个雕塑用三根粗钢管斜向交叉,架着一块"由天而降"的大石头,以"落石"寓意落实。有人辛辣地半开玩笑:巨石被钢管架着,并没有落地,这哪里是落实,分明是落不实嘛。这种"落不实"或"不落地"的落实,正是一种"软落实"。

从实际中看,一些地方、部门落实的文件似乎都发了,诸如"关于关于的关于"被称为"蛋生蛋"式的文件不少,各种各样的会议也都开了。但有的是跟着上面"照虎画猫",不结合具体实际,不针对存在的问题,因操作性不强而难落实;有的是开头搞得轰轰烈烈,接下来便松松垮垮,最后成了"烂尾楼",可谓虎头蛇尾、半途而废;有的是出台的细则、制定的措施和办法听起来挺鼓舞人心,就是跟群众的切身利益不太挂钩,让老百姓缺乏获得感。凡此"软落实",只开花不结果、好看不好用,如拳头打在棉花堆里,使了劲却够不着力,最终在一片落实声中落空。

"软落实"有很大的欺骗性,可谓误事而蒙人。"软落实"往往"规定动作"一个不少,"自选动作"一个没有;该有的数据一个不落,评比检查起来一个不缺,但实际效果一点没有。说到底玩的是"假把式",却造成一种假象,给人感觉似乎很勤恳,甚至很卖力。而落实不下去,似乎是因为任务太重,或困难太多,或条件太差,好像不是没抓而是抓不了，不是没做而是做不好，都是客观原因，而不是主观不努力，让人猛一看挑不出问题、找不出毛病。只求"过得去"、不求"过得硬"，只图对上"交差"、不图对下"交代"，这种"软落实"乃是十足的形式主义，是典型的假大空。

面对"软落实"，追起责任来可能一时不知板子打向谁、怎么打。因而甚至可能成为一些人相互效仿的"模板"，产生出负面的示范效应。然而，这终究不会成为一些人不干事、应付事的"避风港"。只要细心甄别，就很容易识破"软落实"的"假把戏"。尽快形成能者上、庸者下、劣者汰的用人导向和从政环境，"软落实"者就很难逍遥自在。

"千招万招，不落实都是虚招。"面对"软落实"，既要该打板子打板子，又要该钉钉子钉钉子，如此才能倒逼抓落实成为一种风气。

善于倾听下面干部的意见

（《人民日报》2016年4月26日）

现在，时不时听到一些基层抱怨，说平时很难见得到"上面干部"，往往内心有话无处说、有苦无人诉；有的则感叹座谈会一个又一个参加、意见表一张又一张填写，可反映的问题总是在路上打转转，提的意见总是被"冷处理""软对待"。这些抱怨或有偏颇，但所反映出来的问题值得思考。

想起30多年前的一则故事。1978年9月间，广东惠阳地区一位干部给时任省委第二书记的习仲勋写了一封措辞尖刻的批评信，习仲勋同志很快回了信，表示诚恳接受他的意见,并委托省委一位书记到惠阳出差时同来信者面谈。习仲勋还表示,这封信写得好,还可以写得重一点。下面干部敢讲话,这是一种好风气。不要怕听刺耳的话,要鼓励支持下面干部说话。

事实上,上级机关或领导,经常注意倾听下面干部的意见建议,是很重要的工作内容和工作方法,也是我们党一贯倡导并坚持的优良传统和作风。毛泽东同志曾在《党委会的工作方法》中强调"不懂得和不了解的东西要问下级,不要轻易表示赞成或反对",他生动地指出"先做学生,然后再做先生;先向下面干部请教,然后再下命令",并对善于倾听下面干部的意见作了深刻的分析和阐述。

善于倾听下面干部的意见,是上级机关或领导想问题、办事情、做决策的"源头活水",是防止和纠正工作偏差、减少和避免工作失误的"参照坐标",也是检验领导干部民主作风、胸襟气度的"重要标尺"。然而,有的同志似乎瞧不起、看不上下面干部的意见,总觉得他们站位低、认知浅、视野窄、觉悟低,听不听无关紧要;有的总觉得自己正确聪明、高人一筹,习惯于对下面干部耳提面命；有的则认为下面干部诉求多、情绪大，不好惹、不敢惹，生怕听多了意见拿不出办法，搞得自己灰头土脸。如此一来，听下面干部的意见在一些地方、部门和单位也就成了一种点缀和口号，成了一种摆设甚至噱头，最终只是走过场、成形式而已。

下面干部身处基层一线，接触实际、接近群众，经常面对大量的矛盾和问题，了解并掌握大量"沾泥土""带露珠""冒热气"的鲜活情况，上面的很多政策措施都是在广泛而深入听取下面干部意见、总结下面干部经验的基础上形成的。现在，脱贫攻坚、转型升级、供给侧结构性改革，等等，一件件爬坡过坎的大事都得靠集思广益、广纳群言。善于倾听下面干部的意见，就要对下面干部礼贤下士、虚怀若谷、不耻下问，发自内心地视他们为老师，而"自己往往是幼稚可笑的"。还要想方设法鼓励支持下面干部敢讲话，敢说心里话，特别是，对刺耳的话要听得进、容得下，喝得下苦口良药，才能更加强身健体。

社会转型期，矛盾凸显、问题不少，对各方面的意见不但要多听、乐听、善听，还要听进去、传上来、用起来，不能听归听、做归做，听时满脸真诚、听后若无其事。如此，不仅能进一步完善决策，更能化解心结，激发干部的热情与干劲。

莫怕"偶尔说错话"

（《人民日报》2016年4月5日）

现在，"说话"可以说是领导干部的"家常便饭"，或拿稿或脱稿，或事先有约或临时即兴，与公众打交道要说，接受媒体采访时要说。然而，对于不少干部来讲，说什么、怎么说的确不是一件轻松的事，特别是面对"镜头""麦克风"时，"不大敢说话，怕说错"似乎成了一种较为普遍的现象。

应该说，怕说错话，乃人之常情常理，说错话终归不是一件好事。一旦说错了话，轻者被人笑话，陷入尴尬；重则授人以柄，甚至被人揪辫子、打棍子。但是，领导干部肩负着宣传、组织、动员群众的重任，既要宣传阐释党的路线方针政策和决策部署，又要经常回应热点难点和焦点问题。如果总是提心吊胆、小心翼翼、怕这怕那，怕说错话而不敢说、不愿说，事实上也是一种失职。特别是，有时因为怕说错话而不发声，使正确的声音缺席，各种杂音噪音就会混淆视听，甚至谣言满天飞，导致很多工作陷入被动，以致小事情酿成大事件、小问题变成大危机。从这个意义上讲，如果领导干部一味地怕说错话，就意味着丢失了阵地，意味着把话语权、主动权拱手相让。

人非圣贤，孰能无过。领导干部偶尔说错话，在所难免。只要不违反原则、不违背事实、不触犯法律纪律，说错一两句话是可以原谅的。当前，我们正处在社会转型期、矛盾凸显期，社会热点多、公众关切多，需要解疑释惑的事情多，尤其需要领导干部及时作出回应。这是领导干部的责任所在，不能等谎言已经跑遍半个世界，真相还在穿鞋。面对一些公共事件，早说比晚说好，自己说比别人说好。如果遇到重大问题"静默失语"，奉行"宁可不说话，也不说错话"的"鸵鸟式"哲学，明哲保身、爱惜羽毛，不主动做工作、不敢担当、不敢发声，造成严重的思想和舆论误导，那才是不可以原谅的。所以，不要怕偶尔说错话，说到底是责任担当的问题，是检验和衡量一个干部是否敢于担当的重要标尺。

当然，领导干部应该尽量避免不说或少说错话。一般来讲，说错话，或因情况不明、信息有误，或因准备不足、思考不深，功课做得不够，或因分寸掌握不当、拿捏不准，等等。一个人说话，既是能力水平的反映，又蕴含着一定的技巧和艺术，归根结底是一个人立场、态度、方法和感情的体现。应该说，偶尔说错话并不可怕，可怕的是不知错、不认错和不改错。一个敢担当、能负责、有作为的干部，既要不怕偶尔说错话，又要及时知错认错并改错。一味藏着掖着、躲着包着，只会欲盖弥彰，甚至越描越黑。我们的社会舆论对于偶尔说错话的干部，也要有一种宽容、包容，多理解、多鼓励，创造一个宽松的、知错能改的舆论环境和良好氛围，这也是一个社会走向成熟、更加理性健康与和谐的标志。

"苟利国家生死以，岂因祸福避趋之。"只要胸怀党和人民的利益，个人的安危、祸福与荣辱又何足挂齿？偶尔说错话又有何可惧？

长处·难处·好处

（《人民日报》2016年3月23日）

回乡时曾问邻里一位百岁老人，人的一生应该怎样度过？人与人究竟如何相处？老人平静而淡定地说，其实最管用最简单的态度就是多看人长处、多帮人难处、多想人好处。静静想一想，这不失为人生之真谛，也不失为人与人之间的相处之道、相安之术。

多看人长处，既是一种角度，更是一种态度。《列子·说符》中有一个故事，讲的是有个人丢了一把斧子，以为是邻居家的儿子偷走了，于是，处处注意那个人的一言一行、一举一动，觉得那个人无论是走路的样子，还是脸色，抑或是说话的样子，都像是偷斧的人。后来，他找到了斧子，又遇到邻居的儿子，再留心看，觉得他走路的样子、脸色、说话都不像是偷斧的人。现实中，有的人或先入为主看人，或戴着有色眼镜看人，或干脆门缝里看人，等等，结果不是把人看歪了，就是把人看扁了，或者把人看坏了。延安时期，陈云同志在担任中组部部长时，曾一再告诫，要树立一个观念，要看干部的长处，你要光看他的短处，没有一个可用之人了。必须发现他的长处，这样我们才能使用每个人的长处。全面而不是片面、动态而不是僵化、具体而不是抽象、发展而不是静止地看待他人，就能看到一个生动鲜活的人、一个丰富多彩的人和一个可用有益的人。

多帮人难处，既是一种胸怀，更是一种情怀。大千世界、芸芸众生，人与人之间就应当互相帮助、携手前行。所谓"跌倒的老人扶不扶""陌生人的求助帮不帮"，说到底都是一些"伪命题"。现实中就曾发生过让人唏嘘和感慨的故事。某人路过河边，见一小孩落水没有立即下水救援，当他回家没有找到儿子后，方才返回出事河道，发现溺水的正是自己的儿子，再将儿子从水中救起,为时已晚,小孩已溺水身亡。从根本上说,帮人就是帮己,我为人人就是人人为我。今天我帮人,等于明天人帮我。一个好汉三个帮,众人拾柴火焰高。我们的社会还有很多人有各种各样的难处,有各式各类的苦痛,特别是我国还有很多生活在山高水冷、地僻天远的贫困人口,不少人都眼巴巴渴望着得到帮助。常怀惦记之心,常抱揪心之情,尽己所能,帮人所难,解人燃眉之急,助人成功之臂,可以说是积德行善,更是提升做人的境界。

多想人好处,既是一种修为,更是一种修养。一个人的成长进步是个人努力和贵人相助、高人指点、友人帮衬、家人支持的共同结果。然而,现在有的人取得了一些成功,满脑子想到的都是自己的不容易,一开口就是自己多么努力、多么艰辛,充其量再夸上几句自己的家人,他们看不到也想不起组织和他人在这个过程中的作用和好处;有的甚至还会反过来念念不忘谁谁谁刁难、排挤、打压过自己,耿耿于怀某某某妒忌、诬陷、诽谤过自己;等等。于是总是愤愤不平、委屈难消。知恩、感恩、报恩,是一种修养,是做人的美德和本色,对于那些在危难时、关键处、重要事帮助过自己的人，不可、不该更不能忘却。心存感恩不能只是说得好听、唱得动听，而是要体现在行动上，这样做了，实际上既心安、又理得，还为自己加分。

多看人长处、多帮人难处、多想人好处，则多一种祥和、多一份快乐、多一片天地，健康良性的"朋友圈"则会越扩越大，人生的道路就会越走越宽广。

60

把"冷板凳"坐热

(《人民日报》2016年1月21日)

　　诺贝尔奖颁奖典礼上,84岁的屠呦呦身着紫色长套裙出席领奖。那一刻,她是最美的人。多年间,屠呦呦带领团队默默无闻潜心研究青蒿素,试千方、尝百药,终为人类健康作出历史贡献。这样一种把"冷板凳"坐热的大美,令人感佩。

　　坐冷板凳不易,把冷板凳坐热更不易。在许多人眼里,坐冷板凳不舒服、不是滋味,与名利无缘、跟热闹无份,与寂寞冷清相伴,同淡泊清苦相随,有时甚至还得与委屈不公、冷落埋没相连。可是,正因为吃得了坐冷板凳的苦，才能翻开生命的新篇、打开事业的新局。翻译家田德望历经18年翻译世界文学名著《神曲》，所付出的辛苦常人难以想象，原文仅7万字的《地狱篇》，他标注了16万字的注释，《炼狱篇》的注释更是多达34万字。没有这一番沉寂和呕心沥血，怎有如此成就？

然而，又有多少人甘愿坐冷板凳，遑论把冷板凳坐热？不少人心浮气躁、急功近利，有的渴望"一夜成名""一举夺冠"，一味追求礼花般的绚烂绽放；有的垂涎"众星捧月""前呼后拥"，陶醉于鲜花和掌声；有的流连光鲜世界，为了"露个脸"，奔走在各种闪光灯之中；有的贪图热门热事热岗位，见异思迁、跳来跳去，今天干这个明天干那个，不是立长志而是常立志。不愿、不屑坐，不甘、不敢坐，不会、不善坐冷板凳的人，或为名所困，或被利所惑，或受种种杂念所累，走失在人生路上，淹没在人海当中，最终难逃平庸的结局。

不去追名逐利是一种本事。没有超脱的心态、开阔的胸襟和沉稳的定力，如何对个人的名利放得下、看得透、想得通？袁隆平一年到头大部分时间泡在水田里，面朝黄土背朝天研究超级水稻，源自他满腔对粮食安全的忧虑和对平民百姓的情怀；"两弹一星"元勋朱光亚专心研究原子能,成为核武器领域公认的"众帅之帅",源自他"一生就做一件事"的执着信念。执着于内心的信仰和信念,咬定大目标、大方向、大追求和大原则不放松,耐得住寂寞、挡得住诱惑、守得住清贫,才能屏蔽和过滤掉时代的浮躁和困惑。

把冷板凳坐热不是苦熬苦等,而是以时间为刻度,不断书写自身本领的新高度。成功不是一朝一夕的事,也不是"一锤子买卖",而是要一以贯之、一干到底。语言学大家王力一生笔耕不辍,84岁高龄时依然坚持每天连续伏案8到10小时,任何与研究和写作无关的事他不闻不问。正是因为他有这样的坚守与勤奋,才有了《汉语语音史》《汉语语法史》《汉语词汇史》《王力古汉语字典》等经典之作。善于把冷活做实、冷事做热、冷门做火,练就看家本领,成功自然来敲门。

庄子有言:"适莽苍者,三餐而反,腹犹果然;适百里者,宿舂粮;适千里者,三月聚粮。"是只准备三餐,还是"宿舂粮",抑或是"三月聚粮",所达致的结果迥然不同。欲"适千里"者,必下得一番苦功夫,谁也偷不得懒、取不得巧。

胸有"格局"立天地

(《人民日报》2015年11月18日)

格局如何,往往影响乃至决定一个人能走多远、行多稳,能干多大的事、挑多重的担。正所谓眼界决定境界,格局决定结局。

格局,是胸襟、眼界的反映,也是格调、情操的折射。现实中,格局不大的人不少。有的不愿"仰望星空",对瞬息万变的大势不敏锐,对已然变化的时机不在意,习惯于独处一隅、自弹自唱;有的心里少"一盘棋",只顾眼前不顾长远,只算小账不算大账,固守狭小的利益藩篱,患得患失;有的平日唱高调、说大话,一旦碰到矛盾问题，尽显小家子气；还有的人格渺小、人品卑琐，说一套做一套，口言善身行恶……一些人出事、惹祸、闹笑话，甚至犯很低级的错误，往往肇因于格局太小太低。

大格局的人，有一种"家国情怀"。"先天下之忧而忧，后天下之乐而乐。""安得广厦千万间，大庇天下寒士俱欢颜。"封建士大夫尚且有此胸怀，党员干部特别是领导干部更应有家国情怀。井冈山斗争时期，毛泽东站在黄洋界哨口问战士，从这里你看到哪儿？战士回答，可以看到江西和湖南。毛泽东说，站在井冈山，还要看到全中国，看到全世界。一个自觉把自己的命运与国家、民族的命运联系在一起的人，视野和胸襟就宽，就能在任何情况下始终以国为重、以民为重。只有胸怀天下、心系百姓，才会有"大气象""大气魄"，才是有大格局的人。

大格局的人，有一种担当精神。习近平总书记说："担当大小，体现着干部的胸怀、勇气、格调，有多大担当才能干多大事业。"担当反映格局，格局决定担当。有的人把工作当事业、当生命，有的人则仅仅把工作当职业甚至副业。能把工作当成事业乃至生命的人，无疑是一种大格局。他们重任来了扛得起，压力面前扛得住，关键时刻站得出来、顶得上去。"问苍茫大地，谁主沉浮"，在改革的大潮中，在民族复兴的大路上，正需要横刀立马舍我其谁的英雄气概，披荆斩棘爬坡过坎的凌云壮志。这种担当的品格，源自一份责任和使命，更源自一种自信和胆略。

大格局的人，有一根"定海神针"。"笔底伏波三千丈，胸中藏甲百万兵。"格局之大，皆因胸中有大丘壑，心藏静气与定力。现在不少人缺的就是心静，总是心浮气躁、随波逐流、人云亦云，慢不下来也静不下来，一有风吹草动就手忙脚乱，管控不好内心的欲望。有大格局的人，心有"定盘星"，总能抵得住诱惑、耐住得寂寞、坐得住冷板凳，即便"万箭穿心"，也能"忍辱负重"，气定而神闲，让心灵"修禅打坐"。

做一个有大格局的人，就是做一个大写的人、一个顶天立地的人。大格局不可能一蹴而就，需从点点滴滴开始积累。始终把责任举过头顶、把百姓装在心中、把名利踩在脚下，就能让自己的格局不断成长。

"聚气"的梁家河

(《人民日报》2015年10月28日)

秋分时节,慕名去梁家河。车出延安城,我们一路向东,仲秋的暖阳沐浴在身上,心头也随之洒满明媚和清爽。大概走了百来公里地,不知不觉到延川过文安驿,"梁家河"三个字蓦然映入眼帘。

这黄土高坡山坳里的小山村,远离喧嚣和浮躁,隔着世俗和功名,放眼望去,陕北常见的山沟沟竟让我有一种怦然心动又肃然起敬的感觉。窑洞散落在灰褐色山坡上,这是陕北的面孔,是梁家河的表情。这些或久或新的窑洞既讲述着记忆中的故事,又见证着现在和未来。

梁家河,据说是因北宋时梁姓人依河而居得的名。村落虽小,却是个聚气的地方。

它聚的是一种精神。曲曲弯弯的山沟蜿蜒着,坡上土坯垒成的"知青窑洞"把思绪拽回到那火红的岁月。四十多年前,随三万知青大军而来的十五名年轻人,怀揣着青春梦想,来到了这两眼一抹黑的山沟沟。他们放下了被褥也放下了身段,烧热了土炕也点燃了激情。这些远离父母的孩子们,面朝黄土背朝天,耕田种地、打坝筑堤、养猪放牛、缝衣做饭。他们办夜校、打沼气、科学种田、良种饲养,在贫瘠的土地上播撒知识和文明。沉寂的山沟沟因为这些新芽而萌发出生机和朝气。从那片沟壑中,我仿佛看到了他们青春洋溢的面孔,那孔窑洞里,仿佛有他们给娃们读书看报讲故事的身影。大浪淘沙,在这里,很多人的人生拐了弯。当我伫立在那出名的陕西"第一口沼气池"边,行走在"知青淤地坝"上,徘徊于铁业社、磨坊、代销店、缝纫社,还有那口至今村民们仍在饮用的井水旁,我感受到为老百姓办事的志气,吃得苦中苦的精神,读懂了他们当年"过五关"(跳蚤关、饮食关、生活关、劳动关、思想关)"斩六将"的人生劲头。

　　它聚的是沾满泥土芬芳的地气。梁家河是陕北一带典型的以农为主的小村落。这方圆百里曾经诞生过陕北第一支革命武装，敞开胸怀拥抱过长征最先到达陕北的红军，它既是黄土地又是红土地。四十多年前，它又同样以素朴的方式拥抱"知青娃"。走在如今已是宽阔路面的村道上，我仿佛看到村民们当年敲锣打鼓扭秧歌的欢快场景，闻到热气腾腾端上桌那腌酸菜的味道。当你和这些勤劳善良、朴实敦厚的父老乡亲在窑洞里、土炕上同枕共眠时，当你看到那张乡亲们你三毛他五毛凑齐五块五毛钱欢送"好后生"的合影照时，才真正懂得什么是衣食父母。从这里朝夕相处后走出去必然懂得了什么是群众、什么是实际、什么是实事求是，从这里摸爬滚打后走出去自然有了底气和勇气。

　　它聚的是天时地利人气。走进梁家河，正赶上收获的季节，山上的枣树、苹果树已然挂满了果实。路边的老农三五成群地围坐在一起，悠然自得、颐养天年。整洁明亮的村委会大院人来人往、熙熙攘攘。小村落如今已拓展成十来平方公里，新农村的面貌雏形初现。

那天，我久久地站在一号"知青窑洞"平坦的院子里：院子坐北朝南，背靠一座小山丘，东侧有一棵槐树，由西向东分布着三孔窑洞。凝视着窑面上题写的"为人民服务"，两侧"自力更生、奋发图强"的字样，我突然想起那句著名的话，延安的窑洞是最革命的，延安的窑洞有马列主义。

63

凭什么让群众说好

(《人民日报》2015年10月12日)

"干群肩并肩,力量大过天",干部同群众抱成一团、相互协力,做任何事情都没有迈不过的坎。与基层干部交流接触,却常常听到一些人"吐苦水":满腔热情做事,可是群众不说好、不点赞;一些群众胃口高、诉求多,时不时出难题、对着干;动不动就指责干部搞腐败,干部有理说不清……

毋庸讳言,干部"出了一身汗,仍然不好看",心中难免有委屈和怨叹,也应当给予理解。但从根本上说,没有不像话的群众,只有不称职的干部,干群关系出现隔阂和裂痕，还得反求诸己找原因。许多时候，往往是因为没有把好事做到百姓的心坎上，才造成群众误解，岂能怪"群众变坏了"？往往是因为态度不端、谋事不正引起群众反感，怎能责难群众过于挑剔？

群众的意见是最好的镜子。群众心中有杆秤，最清楚谁真心实意对他们好，最明白干部有没有为他们着想。没有哪个群众会成心同一个好决策、好项目过不去，也没有哪个心术不正、作风不实的干部，能骗过群众的眼睛。要想群众说干部的好、念党的恩，就必须拿出真情感、真本事。走近群众很容易，实实在在为百姓做事，走进群众其实也并不难。

让群众满意，得先让群众受益。群众工作的意义，在于让群众得实惠，生活有起色、有奔头。一些干部要么是看领导脸色"下菜单"，把领导点头当劲头、领导爱好当嗜好，要么是打着民意的幌子，图个人虚名、得个人实惠。不以群众之心为心，怎能得群众满意？同民意对表，向民心聚焦，多为民挣利，而不是与民争利，多为群众利益着想，群众岂能不给干部打高分？

让群众"听话"，得先让干部"像话"。有的干部持身不严，干事不实，一遭碰壁还口无遮拦；或是指责群众为"刁民",不好伺候;或是讥讽群众素质差,不识抬举;或是呵斥群众"跟我做恶就是跟党和政府做恶"……如此官僚做派,不仅在群众面前说话不灵,还会闹出不少"雷人雷语"。群众不是墙头草,是实绩而不是权威,才能真正让群众心服。为人有党员的样子,行事有公仆的里子,干部"像话"又"像样",群众的大拇指才会竖起来。

让群众信任,得先让群众明白。干部清清白白、干干净净,无形中有一种强大公信力。公信源于公开,要取信于民,就得敢于公开、善于公开、及时公开。给群众一个明白,方能还干部一个清白,群众信得过,干部方才立得住。有的干部觉得自己整天被无端指责和恶意抹黑搞得灰头土脸,解决办法就在于,推动政务公开、决策公开乃至"家务"公开,确保公示不"假唱"、公开不"假摔",经得起任何放大镜、显微镜的检验。

"如果群众不听,你就先跟着群众走,群众跳火坑,你也跟着跳下去。群众觉悟了,从火坑里爬出来,最终还是要跟你走。"这是做群众工作的经验之谈。和群众心连心、手拉手、面对面,一块过、一块苦、一块干,有盐同咸、无盐同淡,方能赢得群众口碑,建起事业的丰碑。

学会管理自己的欲望

(《人民日报》2015年9月9日)

"朋友圈"竟成了"腐败圈",贵州省委原常委、遵义市委原书记廖少华被朋友"拉下马",这样的堕落轨迹令人警醒。

不禁再一次想起当年毛泽东同志那句警告:"可能有这样一些共产党人,他们是不曾被拿枪的敌人征服过的,他们在这些敌人面前不愧英雄的称号;但是经不起人们用糖衣裹着的炮弹的攻击,他们在糖弹面前要打败仗。""糖弹"有着极大的诱惑性和迷惑性,能够吊足人的胃口,刺激人的"食欲",麻醉人的意志。联系当下一些屡屡被"糖弹"击倒的领导干部,令人扼腕叹息,更令人痛定思痛。

古人云:"香饵之下,必有悬鱼;重赏之下,必有死夫。"诱惑常常令人欲罢不能,"围猎"者正是看中了这一人性弱点,利用"糖弹"的引诱和迷惑作用,大搞利益输送。或先搞感情投资,认"干爹"、做"干儿",进圈子、结圈子,结成一条绳上的蚂蚱;或以各种名目的所谓"代持"结为利益共同体,暗度陈仓、投桃报李;或放长线钓大鱼,今天你给我好处,日后等你退了或者转岗了再"连本带息"还给你;还有的,以安插老婆孩子"吃空饷"为饵,让你言听计从、百依百顺,被乖乖地牵着鼻子走。还有一种思想上的"糖弹"。有的用各种甜言蜜语进行"思想按摩""精神催眠"和"言语贿赂",或在干部的兴趣爱好上投其所好,最后拉你下水,直至"捧杀"。对"围猎"者而言,"围猎"的成本虽然很高,但最终都会转嫁到公共利益上,由公权力来买单。

"糖弹"是一种毒性很强的腐蚀剂,极具杀伤力和致命性,一旦被侵袭则万劫不复。不少领导干部特别是一些高级干部,年轻时也曾吃过苦、受过累、流过汗,也曾战胜过各种工作困难、挫折和压力，有的还曾做出了一些成绩，甚至不愧功臣的称号，却在那些心怀叵测、居心不良者释放的"糖弹"面前栽了跟头、吃了败仗，不仅令个人和家庭陷入悲剧，也给党的事业和形象造成重大损失。惨痛代价面前更应明白，当官发财必须两道，为公为私必须两清，廉洁自律必须成为每个为官从政者的第一要义。

"围猎"可恶、可怕，其手段虽然高明，但只要有颗提防之心、戒惧之心，就不难识破"围猎者"的诡计。要做明白人、明眼人，善于从"香风蜜语"中分清好坏对错是非，不为"七情六欲"所惑，不为鲜花掌声所醉，不为身外之物所迷。打退"糖弹"的进攻，最根本的防线在于炼就金刚不坏之身，养就一身正气、骨气和硬气。人得有一种气概、一种精神和一种格局，内心始终有大目标、大方向和大原则，始终知足、知耻、知畏，有信念、定力和静气。人可以没架子，但得有样子，骨头硬、腰板直。不被牵着鼻子走，才不会在"糖弹"面前束手就擒。

"树欲静而风不止。"抵御"糖弹"，并不是要闭门谢客,断绝同外界的联络,而是要由外及内,修好内心私欲的防护堤。须明白,欲壑难填,趁早回头上岸;贪欲无艺,最好悬崖勒马。正如习近平总书记所说,一个人能否廉洁自律,最大的诱惑是自己,最难战胜的敌人也是自己。强大的欲望管理能力,不仅是一项极其重要的个人品质,更是为官从政所必须涵养的领导力。

靠什么洞察"局"与"势"

(《人民日报》2015年8月6日)

最近,有位老同志在回顾自己的从政经历时,深有感触地说,一个人要走对路而且坚定地走下去,经常注意分析和把握好我们所面临的局势很重要。做到心有大局、胸有大势,才会气定神闲,才不会走偏方向。这话意味深长。

全面抗战爆发10个月,当时哀叹"亡国论"者有之,主张"速胜论"者亦有之。毛泽东同志写就《论持久战》,一下子廓清迷雾,令中国在绝望中看到希望,在躁进中保持了冷静。大量事实告诉我们,看清大局大势,根本在于"背靠马列",重要的是学会用马列主义的立场、观点、态度和方法去看待和把握形势、分析和研究问题。"最要紧的是把思想方法搞对头",经常用"交换、比较、反复"的方法,全面而不是片面地、系统而不是零碎地、动态发展而不是静止僵化地、历史客观而不是一时一事地、大坐标大格局而不是一隅一己地看待事物,透过现象看本质、看事物发展的特点和规律。

党的路线方针政策是天,老百姓的利益是地;中央的要求是天,基层的需求是地。要看清大局大势,关键在于"顶天立地",顶这片天、立这块地,既上接"天线",又下接"地气"。现实中,一些人不紧跟党的方针政策新精神新要求新思路,于中央的新任务新部署不敏感;还有一些人习惯"宅"在机关大院里发号施令、闭门造车,很多想法、说法和办法常常与实际脱节或"打架"。这样在工作中就容易跑偏,分不清主次。唯有"顶天立地",才能遇忙乱而有定力,临大事而有静气,咬定青山不放松。

看清大局大势,迫切要求做好调查研究。毛泽东同志在谈到自己的经验时说:"凡是忧愁没有办法的时候,就去调查研究。"人都有困惑疑惑，特别是在形势错综复杂的背景下，面对各种杂音、噪音频现的舆论场，经常会有许多看不清、弄不明、想不通的地方，当我们被眼前的"雾霾"遮蔽了双眼的时候，怎么办？最好的办法就是到实际中去"摸活鱼"，到群众中去"拜老师"，到清新的生活中去"深呼吸"，到广阔天地中去"找答案"。互联网时代，即便"秀才不出门能知天下事"，但电脑代替不了人脑，冰冷的屏幕替代不了生动的面目，再先进的科技手段也无法取代人与人情感的交流、心灵的碰撞和思想的互动。到基层一线去潜心调查研究，就能不为杂音噪音所扰，把握主流、抓住主要。

眼下，"短平快"的社会运行节奏，碎片化、杂乱化的信息流，常常让人眼花缭乱，甚至真伪难辨、无所适从。在这样的情势下，要看清大局大势，还在于踱好"方步"，静下来学习、慢下来思考。现在不少人似乎都在急匆匆地赶路，走着快步、碎步，有时甚至迈着"猫步"、乱步，心浮气躁、急功近利。陈云同志说，党内得有一批人是"踱方步"的。静心学习、用心思考，远离喧嚣，守住内心那份宁静，见微知著、落叶知秋，处一隅而谋大局，偏一方而谋大势，方能分析和把握好局势。

"识时务者为俊杰""世界潮流，浩浩荡荡，顺之则昌，逆之则亡"，说的都是及时分析、判断和把握局势之极端重要。善于洞察"局"与"势"，我们就能清醒而执着地干好自己的事。

大道至简说"关系"

(《人民日报》2015年7月15日)

一段时间以来,一些地方和单位人与人的关系被扭曲、受污染,各种各样的"潜规则"司空见惯,五花八门的"关系学"大行其道,人们习惯找关系"摆平"、靠关系"搞定",人际关系被搞得歪东倒西、走形变样。然而在正风反腐的大势下,曾经通行的"潜规则"开始不灵了,一度热门的"关系学"开始降温了。由此我们不妨深思,究竟该有怎样的人际关系?

构建简简单单、清清爽爽的"同志式"关系。曾几何时,一些人信奉"多个朋友多条路""朋友多了好办事",

或相信"公章不如私章""原则不如老乡",把人与人、同事与同事之间的关系搞得庸俗低俗粗俗。平时得"送点",节日得"打点",或经常聚在一起吃点喝点、拉拉扯扯,或打牌搓麻、洗脚桑拿,或热衷搞什么"同学会""战友圈""乡友帮",甚至热衷"拜大哥",搞江湖式的"金兰结义",等等。于是,不少人"酒杯一端,政策放宽",不讲原则只看私交,等距离的"同志式"关系变异成零距离的"小兄弟"关系。

为人处世重人情不等于搞私恩,懂世故不可以太世俗。健康的人际关系如阳光传递温暖、传播正能量,似雨露润物无声、滋养心田。君子之交淡如水。人与人的交往,既不要刻意走得太近,又不要走得太开,这样才能走得很远。正所谓以心相交,方能成其久远。特别是,"我们都是来自五湖四海,为了一个共同的革命目标,走到一起来了",更应该大力倡导"同志式"的人际关系,让人际关系更纯粹些、更简单些、更阳光些。

构建规规矩矩、平平常常的上下级关系。有的人习惯看领导的脸色说话办事,甚至一味地把领导的表情当心情、嗜好当爱好,吹吹拍拍会来事;有的甚至削尖脑袋攀高枝、抱大腿，找靠山、寻背景，拜码头、进圈子，甘当"家臣""走卒""伙计"和"马仔"，搞人身依附那一套。这是封建社会君臣关系的"现实版"。以势相交，势败则倾；以权相交，权失则弃。这样的关系迟早会出事，落个"树倒猢狲散"的结局。上下级相处是一门学问，应该有合规合纪的相处之道、合情合理的相处之术，对上从道不从上、唯实不唯上、跟理不跟人；对下护人不护短、关爱不溺爱、靠团队不靠团伙，把上下级关系想透了、理顺了，就不会把自己弄得左顾右盼、患得患失。

构建干干净净、明明白白的"官商关系"。这些年，官商关系出了不少问题，既有"傍大款"的，又有"猎官员"的，相互套牢、绑架，彼此勾肩搭背、投桃报李。构建新型"官商关系"说到底就是要交往有道，关键在于斩断双方间的利益勾结，规范各自行为边界，官商互不"搭车"，各走各的道、各干各的事。以利相交，利尽则散。官商之间应该是交心而不交利、交往而不交换，做到可以无话不说但不可无事不干，不可以勾肩搭背也不应背道而行。

好的人际关系，如同山清水秀没有雾霾的生态环境一样，可以让人"深呼吸"，是人们赖以生存、过得舒服的又一幸福家园。期待广大党员干部从我做起，让这个家园更舒适、更惬意。

学会用"易于理解的语言"

(《人民日报》2015年6月9日)

前不久,习近平总书记在给《人民日报》海外版创刊30周年的重要批示中指出,"用海外读者乐于接受的方式、易于理解的语言,讲述好中国故事,传播好中国声音"。这一要求不仅适用于"海外读者",也适用于国内受众。对于各级干部说话办事与群众打交道,也有很强的现实针对性。

"易于理解的语言"是怎样一种语言?应该是让人们"听得懂、记得住、传得开、用得上"的语言,是能够让人们"想听、乐听、爱听、中听",听起来入耳入脑、入神入心的语言。用这样的语言，才能够说到人们心坎上去，打动人、温暖人，同时又点拨人、启迪人，让人产生认知共鸣、情感共鸣。

多用大白话，讲"群众语言"。平时一些人不愿、不屑讲大白话，觉得那种语言太平淡、太土太俗，不深刻、没理论，显示不出自己的水平。大道至简、大义微言。大白话是一种口语化的语言，它接地气、最具原生态，是一种直白质朴"为群众易于接受的表达"。大白话不是"白开水"，它通俗而不庸俗、简约而不简单、凝练而不肤浅，常常带着泥土的芬芳、含着清新的露珠、冒着滚烫的热气，有着浓郁的生活气息，似春水一般清澈，这样的语言更有群众味、更富群众情、更暖群众心。多讲一些通俗易懂的大白话，包括那些来自群众生活中的谚语、俗语、俚语、比喻，等等，话语就会鲜活有趣、生动活泼，更具亲和力和感染力。

多用故事，讲令人信服的话。长期以来，不少干部的语言"大而空、高而虚"，他们习惯于干巴巴地说教，空洞无物，"只有死板板的几条筋"，很多干部讲话最大的短板是不太会讲故事、举事例，不太善于用事实说话、拿数据说事。这样的讲话很难有吸引力，也很难有影响力和生命力，就好比一个人的面孔，血色、气色不好，很难看。讲故事比讲道理好。学会讲故事、举事例、摆事实，这样的讲话有根有据、有血有肉，而且信息量大、含金量高，"立得住、站得稳、攻不破"，它不是一种灌输，而是一种浸润。事实胜于雄辩，很多道理在事实面前不言自明，很多歪理在一个个活生生的事例面前不攻自破。

多用新话，讲富于时代气息的话。不少干部不太会说话，很重要的原因在于一直满足于躲在"围墙""城堡"里自拉自唱、自说自话，习惯于沿用"老一套"，语言苍白无力，既与时代脱节，又跟当下话语体系脱钩。讲新话总是最迷人的。新话不只是几个新名词、新概念而已，更重要的是，它具有强烈的时代气息，能够与时代发展同步、与社会节奏合拍、与人民心声吻合。当今互联网时代，"网络语言"日新月异，热词频现，面对这种变化，我们的语言当然应该立足于引导而不是一味地迎合，但不迎合不等于不契合，应当学会让自己的语言靠近"流行色"，让话语更融入、更中听。

"语言是思想的直接现实。"用什么样的语言讲话是一门大学问,是一种艺术和技巧。学会用"易于理解的语言"来表达,是摆在广大干部面前的一道大课题,应当悉心体悟、仔细琢磨它的特点和规律,真正让自己的话"说得上去、说得下去、说得进去"。

破解"六易六不易"困局

(《人民日报》2015年5月28日)

如何让"三严三实"要求真正成为做人做事做官的镜子和标杆,经常用以"省吾身""净吾心",这是一道大的课题。在"三严三实"专题教育中,存在"六易六不易"困局,应注意克服软肋、补齐短板、消除盲点,加以破解。

一是"严点实点"对事容易,对人不易。在处理事情时,我们习惯说"对事不对人"。但在贯彻"三严三实"要求上,对事不对人的结果很可能就是避重就轻、怕得罪人。人与事总是相互联系在一起的,现实中不存在孤立的、相互不联系的、可以完全分割开来的人与事，很多事情往往事中有人、人在事中，说事就得涉及人，说人就得联系事，只有对人对事都又严又实才算"严"到份上、"实"到点上。

二是对他人容易，对自己不易。现在有些同志习惯于"手电筒照人不照自己"，动辄"你该怎样怎样"，自己似乎可以当局外人、作壁上观。这实质上是一种唯我独尊、"我是正确的"思想在作祟。把自己摆进去，教育人的同时教育自己，要求人的同时要求自己，以身作则、率先垂范，才能以理服人、以情动人、以行示人。

三是对下容易，对上不易；对基层容易，对机关不易。对上级往往捧着抬着，善于看领导眼色说话办事，这已然是一种陋习和积弊。有的人则总以为机关是教育人的，基层是受教育的，便俨然一副教育人的面孔，有的甚至成了"灯下黑"。只有唯实不唯上、从道不从上，敢于直言、勇于诤言、善于谏言，做到上下一致乃至上严于下，"三严三实"才有浓厚氛围。

四是在一时一事上容易，日常经常不易。正如"一个人做点好事并不难，难的是一辈子做好事"，一阵子容易做到"三严三实",但一辈子矢志不渝、一以贯之并不是那么轻松。"天下大事必作于细,天下难事必作于易。""三严三实"教育贵在坚持、难在坚持,贵在经常、难在经常,贵在细节、难在细节,从点点滴滴做起,从每时每刻做起,需要的是毅力和定力。

五是在出了矛盾和问题时容易,出了成绩和荣誉时不易。出了问题、发生了矛盾容易冷静下来反思,往往"听得进",能够总结经验、汲取教训。而在出了成绩、有了荣誉的时候,容易忘乎所以,甚至飘飘然、昏昏然,听不到也听不进逆耳的忠言。越是这种时候越需要扯扯袖子、咬咬耳朵、"泼点冷水",在成绩面前不骄傲,在荣誉面前不得意忘形。

六是干部有盼头有奔头时做到"三严三实"容易,没"想法"没"预期"时不易。干部在向上走时,大多注意形象和影响,懂克制善克己,容易做到"又严又实"。一旦"船到码头车到站"、看到"天花板",或者犯了点错、受了点挫折,则会不在乎、无所谓,甚至自怨自艾、自暴自弃,出现"59岁现象"。"三严三实"不存在"退休",只有进行时、将来时,没有完成时、过去时,不是人生

"盆景",不是应景之作和权宜之计。

"六易六不易"是事物的两个方面,把容易的做实做到位,把不易的做好做成功,在容易的问题上多加油,在不易的问题上烧把火,便能全面发力、齐头并进,达致"严与实"的境界。

把矢志改革者用起来

（《人民日报》2015年5月8日）

当前，改革步入深水区，进入"跳起来才能摘到桃子"的阶段。越是这样的时候，越是呼唤坚定的改革者，越是需要把那些想改革、谋改革、善改革的干部真正用起来，这是把全面深化改革这篇大文章做好的点睛之笔。

选人用人是风向标、导航仪。选什么人用什么人，其深刻的意义在于支持什么、反对什么，崇尚什么、远离什么，褒奖什么、罢黜什么，特别是在特定的阶段，更传递出一种强烈的信号和清晰的取向。把矢志改革者用起来，就是要"造成一种空气"，形成一种导向，继续

"树立起改革开放的形象",营造和形成一种支持改革、崇尚改革、褒奖改革、推进改革的浓厚氛围。

应当看到,在新一轮改革千帆竞发的大势下,也仍有这样一些人,他们有的不思改革,习惯把自己关在改革的门外,顽固地守住自己那点利益的藩篱,打小算盘、算小账,不顾大局、不思进取,或者觉得改革是"上头的事","人家的事",与己无关,高高挂起;有的畏惧改革,既害怕改革中那些钉子和难题,又害怕遭遇改革者的尴尬处境,特别是觉得在现在这样一种从严从实约束干部的新生态下,担心边界不清而出错惹事,于是抱着多一事不如少一事的心理消极对待,逃而避之;有的胡乱改革,只凭一腔热情甚至一厢情愿搞改革,心中无数敢决策、脑中无事敢拍板、手里无牌敢做主,结果改革举措不接地气、脱离实际,不少成了半拉子的"烂尾工程"。在这个意义上讲,选什么样的人,事关改革成败。

邓小平同志曾说过,在选人上,"要用政治家的风度来处理这个问题""要抛弃一切成见",特别是"要注意社会公论,不能感情用事"。今天,我们把矢志改革者用起来,就是要善于从大局着眼、从长远考量,以"对全局改革有利、对党和国家事业发展有利、对本系统本领域形成完善的体制机制有利"的标准来评价和选用改革者。

改革者是改革大潮中的一朵朵浪花，他们的奔腾跳跃才使改革潮起潮涌。把他们用起来，关键在于对他们要高看一眼、宽容一分。高看一眼，就是要充分估量改革者的地位和作用，只有"看高"，才会高看。看改革者，还有一个重要的思维方法，就是多看他们的长处，而且用辩证的态度看他们的短处。正如陈云同志当年说的："一个人的长处里同时也包括某些缺点，短处里同时也含着某些优点。用人就是用他的长处，使他的长处得到发展，短处得到克服。"要看到，改革者常常敢想敢为、敢说敢干，有的甚至还表现得有点"两头冒尖"，时不时有一些"小辫子"，这就需要对他们多一点包容、多一分宽容。"蝴蝶飞不过沧海，谁又忍心责怪。"选用矢志改革者，理解、信任、宽容、包容很重要，更难能可贵。

改革要深入，改革者要先行；改革者要先行，用人要先导。把想改革、谋改革、善改革的干部用起来，让他们吃香、受追捧，成为"香饽饽"，乃时代所期、事业所需、人心所向，也正是改革者的动力所在。

为官者当有"五种意识"

(《人民日报》2015年4月15日)

在政治新生态下,从严要求的"紧箍咒"越念越紧,一些习以为常的潜规则正在被打破,一些曾经适用的"套路"已不能用或不管用。当此之际,及时调适好为官心理,树立正确的从政观念,显得尤为重要。概括起来说,下面这五种意识不可或缺:

第一,当官就是要莫发财,而不是奔财来。正如习近平总书记所说:"当官发财两条道,当官就不要发财,发财就不要当官。"权力一旦与金钱联姻,一旦让"钱"绑架了"权",就会走形变样,走上权力寻租的不归路。

为官者不要想着法子"捞钱""淘金",从一开始从政就要横下一条心,把不发财作为从政之道、为官之本,彻底打消以权谋私、升官发财的思想,否则迟早要出事。

第二,当官就是要立志做大事,而不是做大官。什么是"大事"?用孙中山先生的话讲就是:"无论哪一件事,只要从头至尾彻底做成功,便是大事。"邓小平同志当年复出时也曾说过:我这次出来工作,不是为做官,是为了做事。现在不少人官本位意识仍然很强,整日规划自己的当官路线图,即使做事也是在做一些为自己"涂脂抹粉"的事,其目的主要是为了做更大的官。本着这种心态为官,最终都会因"升不上去"而心理失衡、自寻烦恼。

第三,当官就是要法大于权、法高于权,而不是以权压法、以权代法。有的人长官意识严重,习惯于让法听命于己、听命于权,"一亩三分地"我说了算,干出很多匪夷所思的事情来。为官者尤须养成知法、懂法、守法的习惯,养成一切在制度笼子里行使权力的习惯。要懂得,法律法规是不可逾越的底线,敬畏法律也就是珍惜自己的从政生涯。

第四,当官就是要靠实绩实干,而不是信奉关系后门。相信"朝中有人好做官"是官场文化的顽瘴痼疾,有的人把钱当"敲门砖",有的大搞权色交易,有的变着花样套近乎搞"雅贿",还有的拐弯抹角走"夫人路线""身边人路线",指望攀高枝、寻背景、进"圈子",这些都是投机取巧之术。最近一些塌方式腐败说明,甘当"门客""门臣",甚至搞人身依附、结党营私、沆瀣一气,迟早有一天靠山会成为火山。人与人之间的关系还是简简单单、正正规规、清清爽爽一点好。

第五,当官就是要不舒服不自由不容易,而不是很轻松很自在很逍遥。俗话说"无官一身轻",只要"官帽"在头上,享清福就没可能也不可以。习近平同志曾告诫:"我认为认认真真地当好共产党的'官'是很辛苦的。我也没有听到哪一个称职的领导人说过当官真舒服。"为官意味着责任和担当,特别是在可能被"围猎"的复杂形势下,还意味着风险,需要既能吃苦又能吃亏、既能受累又能受气的胸襟、肚量和心态,更需要一种奉献精神,做不到这一点,为官就会感到憋屈、难受和尴尬。作为党的干部,只有自己辛苦了,人民群众才会真正地舒服。

"五种意识"既是试金石，又是"火焰山"，每一个问题都是一道大坎，都是一张问卷，过得去、答得好就能平安为官、健康为官、幸福为官，就能成为一个为党争光、对民有利、于事业有益的好干部。

领导干部当有"七不怕"

(《人民日报》2015年3月20日)

十八大以来,政治生活面貌发生显著变化,除了治国理政方面的重要创新,过去党内的好传统、好规矩、好做法也重新活跃在政治生态中。一位老同志就曾这样勉励年轻干部:各级干部一定要有定力、有把握,党的优良作风,该坚持的就要坚持下去,不要怕说这说那。具体来看,政治新生态之下,领导干部当有"七不怕"。

一是不怕说"唱高调"。领导干部担负着联系群众、组织群众、动员群众的重任,传达好中央精神、落实好上级政策是天职。在维护党的形象、捍卫人民利益的时候,就要敢于发声、带头发声,而不是集体失语。当然,宣传政策绝不是说官话、套话、假话,应该善于用接地气的话来讲大道理,消除"唱高调"的感觉。

二是不怕说"太清高"。对待群众,清高自然不可取,但远离腐蚀、诱惑,防止"被围猎"的"清高",但有无妨。领导干部不能刚愎自用不合群,更不能随随便便"勾肩搭背"。我们所要的"清高",是大气而没霸气、有骨气而没傲气、有正气而没邪气、有书卷气而没书生气。

三是不怕说"太正统"。有人给正统扣上刻板、死板、呆板的帽子,跟僵化保守画等号,跟"假正经"挂上钩。我们说的正统,是对优良传统的传承,是对一些根本原则的坚守,是对内心理想信念的坚持。讲正统就是讲正道、扬正气,讲正统就是守规矩、遵纪律。不称"同志"叫"老板",不要团结要结团,才是丢了好传统。

四是不怕说"太老实"。如今"老实"似乎成了无用的代名词,老实人常常吃苦又吃亏、流汗又流泪,这是不良政治生态下的怪现象。领导干部就是要以说老实话、办老实事、做老实人为荣,对党忠诚,对同事老实。公是公、私是私,一是一、二是二,钉是钉铆是铆,是非曲直、好坏对错分得清清楚楚。

五是不怕说"太胆小"。"胆小"未必是坏事,现实中有一些人,什么话都敢说,什么地方都敢去,什么饭都敢吃,什么人都敢交。领导干部是特殊群体,说话办事、为人处世都得谨言慎行,有所敬畏。"胆小"并非裹足不前,更非不思进取,而是要时刻如履薄冰、如临深渊,保持一份敬畏之心,敬畏组织、敬畏群众、敬畏人生。

六是不怕说"太认真"。共产党最讲认真,在大是大非的问题上,就是要跟理不跟人、从道不从上,敢于说真话、道真情、讲真理,这是避免出错、规避出事的有力武器。现在"老好人"越来越多,"一根筋"却越来越少。坚持原则不变通,严肃认真不通融,这是我们的制胜法宝。

七是不怕说"太土气"。"土气"跟"宁在宝马车里哭"的价值取向格格不入,却是艰苦朴素的精神体现。党的干部不该整天穿名牌、抽名烟、喝名酒,更应该甘愿淡泊、乐于清贫,为"出无车食无鱼"的"土气"而欣慰。

能否做到"七不怕",是每个领导干部经常需要面对的考验。"七不怕"是我们党多年点滴积累起来的优良作风,是领导干部该有的范儿。

能干·能处·能忍

(《人民日报》2013年7月4日)

有一类干部，工作上呱呱叫、很能干，但往往个性强、太自负，自以为是，"不合群""难搭伙"。此谓"能干"不"能处"，结果常常闹得不可开交而干不下去。还有一类干部，很能干，也能相处，但遇到一点委屈、不公、误解，往往就受不了、熬不住，四处找人"要说法"，讨价还价"闹情绪"，生气赌气"撂担子"。不"能忍"，往往使这类干部跌倒在成功前的一米线上。

这样的事情未免令人惋惜。我们固然要有容才、容人的雅量，但对于干部来说，也有一个自身修为的问题。

不能处，将来怎么能胜任领导岗位，带领他人？不能忍，将来怎么能临大事、当大任？从很多人的成长经历看，有本事很能干、善团结好相处、懂修为忍得住，乃是前行路上的三道门和三道坎，跨过去了就别有洞天，绊住了就会栽倒摔跤。

不能处，更多的原因还是出在自身。不少干部在实践中摸爬滚打、百炼成钢，有能耐、长才干，却也容易陶醉于鲜花和掌声之中，飘飘然、陶陶然、昏昏然，在"温水煮青蛙"中被"捧杀"。尤其是有的人一干出点成绩，"我是谁"便逐渐模糊，"我能干""我有功"的意识逐渐凸显，或居功自傲、孤芳自赏，或刚愎自用、我行我素，习惯了"个人说了算""老子天下第一"。

这说到底，还是不能正确看待功劳的问题。个人能力再强，也难一人完成所有的工作。成就一番事业，总是众人齐心协力、相互补缺的结果。如果只突显个人能耐，必然搞得乌烟瘴气、矛盾四起，从而失去干事创业的合力。相互拆台必垮台，相互补台才有戏。有"功劳不必在我"的认知，懂得宽人律己，才会和谐共事、共同前进，团结出生产力。从这个意义上讲，能干又能处，才是更大的本事和能耐。

一个人的成长道路，不可能永远一帆风顺，也不可能一直便宜占尽、好处得尽、好事捞尽。面对不尽如人意的地方和时候，碰到哑巴吃黄连有苦难言的种种憋屈、窝火的人与事，遇到种种难以名状的挫折、失败，怎么办？有的人拿得起、放得下、跳出来、守得住，富有定力。有的人却"看不透、想不通、放不下、忘不了"，或牢骚满腹、意志衰退，变得自怨自艾、自暴自弃，或挡不住诱惑、守不住清贫，甚至触碰红线，走上了违法犯罪的不归路。

一个输不起的人，往往是一个赢不了的人；一个不能忍的人，往往是一个没有精神追求的人。试想，当年韩信如果没有"鸿鹄之志"在支撑，能强忍"胯下之辱"吗？"风物长宜放眼量"，看得远、想得深、摆得正，就没有过不去的坎，就能沉得住气、吃得了亏、受得了罪。"事不三思总有败，人能百忍自无忧"，能忍，再沉闷的日子也有内心里的一米阳光，再艰难的岁月也只不过是一片浮云。

能干是一种素质，能处是一种境界，能忍是一种修炼。能干、能处、能忍，人生之路多坦途，事业之帆多风顺。

群众工作的主场在现场

(《人民日报》2013年5月20日)

最近,媒体热议青海玉树征地拆迁领导小组组长张国强,身患重病坚守灾后重建第一线的感人事迹。他凭着对群众的满腔热情,拆掉了群众工作的"隔心墙",把征地拆迁这一难事做到了群众的心坎上。张国强的故事,折射出一个深刻的道理:做好群众工作的主场就在现场、在一线。

群众工作在哪做、做在哪?这本是简单明了的事情,但在实际工作中却并非人人都懂。有的人习惯于坐在办公室或躲在机关大院里"坐等"群众上门;有的热衷于挂在嘴上、写在纸上、停留在会议上"谈论"群众问题;还有的满足于发个文、搞几项活动、出台几条便民服务措施"承诺"群众诉求。更有甚者,怕见"有意见""有情绪"的群众,怕到"有困难""有矛盾"或"讨说法"的群众中去,想方设法躲着、绕着、挡着。这种种态度和做法,偏离了群众工作的本质和要义,使群众工作无的放矢、打了折扣。

群众在哪里,现场就在哪里。群众工作是面对群众实际问题的工作,其全部活动和目的在于宣传群众、组织群众和服务群众。不去与广大群众直接面对面、手拉手地打交道,群众工作就是一句空话。群众在哪里?在生产、生活的第一线,在衣食住行、生老病死,乃至柴米油盐酱醋茶中,在他们所关心的具体问题上,在涉及他们的切身利益中,就业、就学、就医、食品安全、征地拆迁,乃至邻里纠纷,离开了这些,眼里就看不到群众,心里就没有群众。

现场在哪里,主场就在哪里。现场是群众切身利益的交织点,也是群众各种诉求的集散地。社会转型期、矛盾凸显期,不少新的矛盾往往发端于现实,不少实际问题常常突发于现场，表现出很强的即时性、突变性和偶发性。从一定意义上讲，现场如战场，如果不能及早发现、及时应对，就会小事坐大，小洞成大祸。现场即主场，必须在第一时间发现问题、第一时间解决问题。

到现场去，就是把群众工作的重点和重心放在实地，把骨干和力量派到一线，把心思和注意力集中在群众关心的热点难点问题上，多看群众脸色想问题、办事情，一件一件抓落实、一桩一桩去解决。特别是，要多把双腿迈到那些群众意见大、情绪多的地方，多把身子扑到那些困难的、弱势的群体身上，多把办法用到矛盾和问题集中的地方。

到现场去，最重要的是带着一片真诚、一份真心去。人的能力有大小，但是只要抱着真心为民办事的真诚态度，就没有办不了的事、没有解不开的结，即使一时办不了、解不开，也会赢得群众的理解。所以，到现场切不能坐诊不号脉、出工不出力，不能是那种背着手、昂着头、挺着肚去"走一走""看一看""坐一坐"，更不是去"逛一逛""秀一秀"，而是去解惑释疑、解决问题、活血化瘀。

把群众工作的主场放到现场,真正和群众坐在一条板凳上,手拉手、面对面、心贴心,零距离接触、实打实办事,才能既让群众受益,又让群众满意,才能使群众工作落实而不落空、落地而不悬空。

74

能力·动力·定力

(《人民日报》2013年3月29日)

经常能看到,一些"出事"的干部,有一定工作能力,也有一股子干劲,有的还干了不少事,所以东窗事发后让不少人感到"惊讶"。总结其中经验教训,如何做到既有能力,又有动力,还有定力,显得格外重要。

这"三力"是个整体,不可或缺。眼下,能力不够、动力不足、定力不稳的问题,仍在不少干部身上存在。有的手中可打的"牌"不多,老办法不管用、新办法不会用、"洋办法"不适用。有的在工作中激情不够,少了主动性和积极性,没有劲头和内生动力。还有的挡不住诱惑、耐不住寂寞、守不住底线，因而失去操守、一头栽倒。有人形象地总结：本领不强被笑死，办法不多被急死，劲头不足被骂死，品行不正被搞死。能力、动力、定力，三足鼎立，一个人才能站得稳、立得住、干得好、走得远。

能力是干事的基础，能力不够干不了事。现在干部的能力水平总体增强了，素质也比较全面，但也有人因此自以为是、自满自足，甚至自负得不得了。要知道，提升能力是个持续不断的过程，今天有能力不等于明天有能力，这里有本事不等于那里也有能耐。新情况层出、新问题涌现，本领危机过去有、现在有，将来仍会时不时冒出来。内强素质，练就一身硬功夫、真本事，仍然是当务之需、当务之急。

动力是干事的条件，动力不足不想干事。动力就是激情，是人的一种精神状态。平心而论，如今绝大多数干部是有激情的，他们朝气蓬勃、奋发有为，想早点干出业绩。但激情点燃易，保持难；一时一事易，持之以恒难。眼下，最为难能可贵的是咬定目标，以一种坚持不懈、坚韧不拔的意志一以贯之、一如既往和一抓到底地工作。这种动力来源于对事业的热爱，来源于对信念的执着，来源于内心深处强烈的使命感和责任感。只有这样，一个人才能劲头十足、动力强劲，始终保持旺盛而充沛的精力，始终保持昂扬而积极的精神。

定力是干事的保证，定力不稳容易出事。什么是定力？不分心，不走神，不为所谓的七情六欲所惑，不被私心杂念所扰，不因个人名利所累，在纷繁复杂、眼花缭乱的社会里，始终保持内心那份执着和坚定，恪守内心那份从容和淡定。一些干部之所以跌倒在权力、金钱、美色等关隘上，就是因为内心定力不够，面对各种诱惑或情不自禁，或心存侥幸，或图一时痛快，或抱"下不为例"，结果招事、惹事、犯事。定力好比"定海神针"，稳得住心神，才能够避免掉入陷阱，跳出居心不良者设的局、下的套，规避各种风险，经受各种考验。定力源于内心的那份信念和纯净，一个有大方向、大目标、大追求的人必定会有坚强的定力。

能力决定"能做什么"，动力决定"想做什么"，定力决定"敢或不敢做什么"，三者共同决定"做成什么"。能力、动力、定力三者兼备，才能成为一个真正想干事、能干事、干成事又不出事的好干部。

转作风切忌"夹生饭"

(《人民日报》2013年2月8日)

眼下,转作风已经有一个好的开局,赢得了喝彩,呈现出从严要求、从具体事情抓起、从"上面"带头等明显特点,来之不易,非常可贵。

然而,也有一些担忧和顾虑,比较突出的有三种。一种是担心刮"一阵风",来得快去得也快,虎头蛇尾,前紧后松,或改一阵、好一阵,又松一阵、闲一阵。一种是担心搞"一锅煮",不是从各自的实际出发有针对性地"转",而是上面怎么做照抄照搬,上下一般粗、一样要求。再一种是担心"叫得响做得空","只听楼梯响,不见人下来",表现在或"手电筒照人",要求人家改自己不改,或只是"上动下不动",看热闹多,作壁上观,成"局外人",结果表面看似热闹,实则让转作风在落实声中落空。这些担心不是没有道理,如果成实,转作风就成了"夹生饭",这是很可惜也很可怕的,因为它会让党和政府公信力受伤,使党员干部形象受损。

"夹生饭"不好吃、难消化,会吃坏了身体、吃坏了胃口。基层干部群众的胃口"吊不得",也"伤不得",做不到的不说,说出口的一定要做到。比如刹"吃喝风",这些年来那么多文件规定就是管不住一张嘴,群众都麻木了,习以为常了。这次转作风,社会公众和基层干部群众是睁大眼睛看着,看是不是"言必信、行必果",是不是一诺千金。如果这次转作风,又是好看不好用、好看不好吃,倒了群众的"胃口",伤了群众的心,那么一而再再而三,确实会"伤不起"。

转作风这锅饭要"煮熟",重要的在于内容设计。生米要煮成熟饭,得先在生米中加入一定比例的水,过多易煮烂,成了稀饭或泡饭,过少易煮煳,烧焦了。所以,加多少水是一门技巧和艺术。转作风也是一门艺术,要注意细节,在内容设计、项目规定上要具体、有可操作性。正反两个方面经验教训告诉我们,一具体才深入,切合实际才可行管用。

防止成"夹生饭",还取决于火候把握。"煮饭"关键在火,是温火还是烈火,掌握到什么程度,什么时候得加温加热、添柴添火,这其中有很多窍门和门道,这就是规律。转作风也是同样的道理,要把握好规律,掌握好火苗、火势和火候,既不要贪图和满足于烧"三把火"就高枕无忧,以为可以毕其功于一役,又不要一阵热一阵冷,要根据火势、火情的变化,不断地加温、加热,在建立常态、长效机制上使劲,在常抓不懈、持之以恒上着力。

不良风气像一堵无形的墙,会把党和人民群众隔开;又像一座堤坝的缺口,让党和政府的形象和公信力出现流失。如果认识不到不良风气的危害性、顽固性、反复性,意识不到转作风的重要性、艰巨性和长期性,沿用那种运动式、活动式和跟风式的习惯性思想方法和思维方式处之,那么转作风就有变成"夹生饭"的危险,各级干部当警当戒。

破解"层层陪同"困局

(《人民日报》2012年12月20日)

"轻车简从、减少陪同、简化接待",改作风八项规定中关于调查研究的内容,令人深有感触。

长期以来,不少领导干部下基层调研考察时,被层层陪同、前呼后拥的现象比较普遍:一级又一级地陪,一路又一路地陪,车子一大溜,人员一大排,队伍一大串,头尾不见、浩浩荡荡。对此,被陪的人无奈,陪同人员厌烦,干部群众更是反感,影响很坏。

"层层陪同"劳民伤财,误事害人,使得领导干部调研考察听不到真话、了解不到实情,调研失去了意义,成了认认真真走过场。久而久之，不仅会误导决策，更会助长一些领导干部的官僚气、衙门气，使干群之间渐行渐远，筑起了一道离心墙。

"层层陪同"这一顽疾，之所以屡禁不止，问题出在下面，根子还在上面。干部下去调研是为了接"地气"、摸"活鱼"，发现问题、解决问题，更好地联系基层群众，一句话，是来抓实情、办实事的。如果下去以后讲排场、走过场，满足于电视留个影、报纸留个名、广播留个声，甚至纯粹就是为了给自己脸上贴金，就会形成不良导向。上有所好，下必甚焉。基层有些人正是摸到了一些领导干部所思所想，而投其所好套近乎，有意或无意地迎合，使得"层层陪同"有了机会、有了市场。

说到底，"层层陪同"就是唱虚功、图虚名、贪虚荣、冒虚火的表现，是官僚主义、形式主义作祟的结果。

"层层陪同"好比"层层包围"，破这个局，非智勇双全不可。

首先要有"突围"之勇。领导干部面对"层层陪同"不能含糊，要毫不客气地表明态度、阐明原则，敢于拉下面子痛责歪风，以身作则不搞大呼隆调研，让基层干部群众感受到改作风动了真格,而不是嘴上说说。

破这个局,更要有"突围"之术。既晓之以理,又动之以情,还得示之以行,有时还得讲究些策略、方法和技巧。比方说,多搞一些突然袭击式的活动、随机式的调研、暗访式的抽查、不打招呼的自主调研,等等。多一些自选动作,多搞些自主选题,就会逐渐打破事事预先安排的调研套路。

破这个局,还要有"突围"之规。制定一些刚性制度和硬性规定,约法三章,明确底线,划上红杠,使得减少陪同、简化接待有章可循,执行中更不能搞特殊、有例外。

岁末年初,正值领导干部下基层调研的相对集中期。只有大力改进调研作风,破解"层层陪同"等困局,才能不虚此行、取信于民。

某种"做人"之风不可长

(《人民日报》2012年5月7日)

时下,有一些干部热衷于把心思和精力放在所谓的"做人"上。你好我好大家好,绞尽脑汁在拉关系、聚人脉上做文章,而不愿意在埋头做事、攻坚克难上动脑筋、下功夫,这种现象值得一议。

做人与做事,是一个人安身立命的两个基石,也是贯穿于每个人一生中的两条平行线。做人是做事的基础和前提,以什么样的原则和态度做人、做什么样的人,影响了做什么样的事和怎样去做事。从这个意义上讲,注重做人是理所当然、天经地义。

问题是，一些干部在做人的问题上出了偏差、变了味道，他们往往不是堂堂正正做人、做堂堂正正的人，而是热衷于做这么几种"变形人"：明哲保身的"老好人"、吹吹拍拍会来事的人、拉拉扯扯搞小圈子的人、包装炒作善作秀的人。这四种"做人"都不是做人的正途。

俗话说，"打碎碗的往往是洗碗的人"，从现实中看，有时事干多了的确会遭人议论、被人妒忌，被说成"出风头""好表现"，甚至还会一不小心得罪人。与之形成对比的是，一些人重"做人"少做事甚至不做事，反而有好处、有甜头。在这样的不良现象影响之下，一些人抱着不干不够意思、干点"意思意思"的想法，浅尝辄止、敷衍了事，只求"过得去"。更有甚者，一门心思琢磨所谓的"做人"，不愿也不敢真正地做事。

一些干部"做人"重于做事，归根结底还是责任心、事业心缺失，是个人主义、功利主义作祟。重所谓"做人"，说穿了是为一己私利，把功夫做在平时，以便关键时能够多点人缘、多点选票，以免临时抱佛脚，输在"临门一脚"上，希图变"现货"为"期货"。这种"做人"是"项庄舞剑，意在沛公"，不是真心做人、真诚待人。

如果让这样的"做人"态度和方式大行其道,势必会把党内同志间的关系搞得庸俗,势必会让正派做人、认真做事的人伤心窝火,起到很坏的导向作用。

做人是一门大学问,做什么样的人和怎样做人是摆在每个人面前的人生大课题,对领导干部来说更是如此。能否解决好这个问题,取决于有没有一个正确的世界观、人生观和价值观,取决于由此"总开关"而派生出来的事业观、名利观和荣辱观。真正的做人,应该想清楚、弄明白做人的基本道理,坚守共产党人的精神家园,讲原则、有底线,做老实人而不做"老好人",正派而不作派,做事而不作秀,成为"一个高尚的人,一个脱离了低级趣味的人,一个有益于人民的人"。

解决好这个问题,还需大力推进干部人事制度的改革创新,在制度设计上保证干部能够"只管干事,不用找人",让埋头干事的人靠前、只会"做人"的人靠边。看票而不唯票,既看一时更看平时,发挥好组织和群众的作用,加大民意评价在干部表现问题上的话语权,让各级干部心无旁骛地干事、毫不懈怠地做事。

多一些"家国情怀"

(《人民日报》2012年1月20日)

不久前,钱学森图书馆建成开馆。当我们再次体悟钱学森爱党爱国的心路历程时,无不为他的国为重、家为轻,科学为重、名利为轻的"家国情怀"而感动。对照这面明镜,今天的党员干部尤其是年轻干部应有所思、有所悟。

"家国情怀"是一个人对自己国家和人民所表现出来的深情大爱,是对国家富强、人民幸福所展现出来的理想追求。它是对自己国家一种高度认同感和归属感、责任感和使命感的体现,是一种深层次的文化心理密码。

古往今来,这种高尚情怀极大地鼓舞士气、凝聚力量、振奋精神,既利国利民又利人利己。领导干部是党的执政骨干,是党和国家事业发展的中坚力量,也是广大群众的主心骨,理应多一些"家国情怀",更加站得高、看得远、想得深,更多胸怀天下,心系百姓,忧国忧党,"修身、齐家、治国、平天下"。

多一些"家国情怀",就是要常怀爱民之情。当年,邓小平同志一句"我是中国人民的儿子,我深情地爱着我的祖国和人民",赤子情怀溢于言表。县委书记的榜样焦裕禄,"心里装着全体人民,唯独没有他自己",他下乡看望一位生病的老大娘,虽素昧平生,却满含热泪地呼之为"娘"。这无不表现出"一个共产党人爱的最高境界是爱人民"的博大情怀。群众利益无小事,视人民的利益高于一切,常怀惦记之情,始终是"家国情怀"中最温暖贴心的情愫。

多一些"家国情怀",就是要恪尽兴国之责。国是千万个家的集合,是无数个家的放大。常思国之兴衰,是党员干部的责任和使命。"苟利国家生死以,岂因祸福避趋之",在中华民族的历史长河中,精忠报国始终是激昂的主旋律。今天,在民族复兴的伟大征程中,面对当今世界对中国的各种"捧杀"和"棒杀",广大干部特别是领导干部要以一种历史责任感和使命感,敢于担当、勇于奉献,以主人翁姿态建设好生于斯、长于斯的家园,为共和国大厦添砖加瓦、有所作为。

多一些"家国情怀",就是要坚守为党之心。党是广大党员的家,每个党员都应该为维护好建设好这个家而用心用力。现在,有些党员常常对一些有损党的形象的言行不抵制、不斗争,有的还自觉或不自觉、有意或无意地跟着社会上一些负面情绪走,"台上满口政治,台下说三道四",当面一套背后一套。每个党员的形象、前途与党休戚相关、荣辱与共,应该始终保持对党的一腔忠诚、一片深情,时刻为党着想、替党分忧,强化党员意识,牢记党员身份,多做为党加分的事,做到为党争光不抹黑,添彩不添乱。

多一些"家国情怀",就会少一些个人的卑琐与私利,多一些崇高和大气。位卑未敢忘忧国,人微未敢忘忧党。封建士大夫尚且有"先天下之忧而忧,后天下之乐而乐""安得广厦千万间,大庇天下寒士俱欢颜"的博大情怀，党的干部更要有以天下为己任的"家国情怀"，以国为重、家为轻，以民为重、我为轻，常念民之冷暖，常思国之兴衰，常想党之安危。

领导干部多一些"家国情怀"，乃国之幸、党之利、民之福。

知足·知不足·不知足

(《人民日报》2011年11月30日)

日前,一位老同志对换届提拔的干部说了这样一番意味深长的话:走上新的岗位,要始终记得把责任举过头顶、把名利踩在脚下、把百姓装在心中、把本色进行到底,记住做官知足、做人知不足、做事不知足。

这番话言简意赅、语重心长,它提醒得及时,说得实在,对领导干部尤其是年轻干部为官、为人和为业很有启发。

做官知足,这既是一种清醒,更是一种心态。现在有一些干部热衷于做官、满足于做官、陶醉于做官,"官瘾"十足。有的精心设计自己的当官路线图,步步为营、"小步快跑";有的看到他人特别是与自己条件相当的人提拔了,就眼红心热、坐立不安;还有的板凳都还没有坐热,就急于"走人",甚至伸手"跑官要官",人们为其画像:两年不提拔,心里有想法;三年不挪动,就想去活动。

做官要知足,就应端正"官念"、淡化"官欲"、克服官本位。从本质上讲,共产党的"官"更多意味着一份责任和奉献,意味着一种风险和挑战。做官绝不是做老爷,更不可以谋一己私利。"看庭前花开花落,任天外云卷云舒",只有看淡名利,保持平常之心、知足之心,才能正确看待手中的权力,扛起肩上的职责,尽到一个人民公仆应尽的本分。

做人知不足,这既是一种自律,更是一种自觉。人生在世,说到底得凭做人而安身立命。一些干部总是自我感觉很好,常常孤芳自赏、自以为是,不能正确地看待自己。有的盲目自大,有的盲目自我,还有的盲目自恋。金无足赤,人无完人,问题的关键在于是不是"看得清"、敢面对,是不是"改得了"、能战胜。

古人云:"志之难也,不在胜人,在自胜也。"做人知不足,就是要以"吾日三省吾身"的精神和自觉,常常以人为镜,照差距;以事为例,看不足;以己为训,查过错。人不怕有过错、有不足,就怕错过了知错、纠错,知不足、改不足的机会。做人知不足,才会不断完善自我、修正自我,使自己逐渐成为一个高尚、美好的人,一个脱离了低级趣味、少犯错误的人,一个有益于他人、有益于社会的人。

做事不知足,这既是一种责任,更是一种精神。以怎样的态度对待工作,不同事业心和责任心的人会有不同的追求。有人视之为事业甚至生命,但也有人做"公事"懒洋洋,干私活打冲锋;对工作马马虎虎,只求"过得去",不求"过得硬";有人刚开始做一件事情时,有一股子劲,时间一久,便开始懈怠,一旦遇到一点挫折或失败,更是变得无精打采起来。

做事不知足,需要有一种强烈的事业心和责任感,有奋发有为、积极进取的精神状态,要带着责任、带着感情,扑下身子想干事。当前,我们国家进入了一个既快速发展,又矛盾集中的新阶段,有大量的事情要去破题、破解，迫切需要一大批对工作有热情、对事业有激情的人去推动，迫切需要一大批做事情不知足、做工作不满足的人去开拓，齐心协力地攻坚克难、打开新局面。

知足者乐，知不足者勇，不知足者进。做官知足、做人知不足、做事不知足，才会内心和谐快乐，个人成长进步，事业兴旺发达。

80

敢于唱"黑脸"

(《人民日报》2011年10月18日)

一些领导干部在检查指导工作中,对于存在的问题和不足,总是习惯避重就轻、隔靴搔痒;对不良现象总是睁只眼闭只眼,不敢唱"黑脸",更不敢说"硬话"。有的人形象地说,一些领导干部对人喜欢说两句话,一句是点点头"干得好",一句是拍拍肩"好好干"。

不敢说不足,不愿唱"黑脸",误事害人,受损的是党的事业,受害的是群众的利益。改革发展日益深入,我们面临的环境和形势复杂多变,"躲不开、绕不过"的矛盾尖锐突出,在这种情况下,如果看见不足不敢说,发现错误不敢纠，问题总是被有意无意地捂着，就会贻误化解弊端的好时机，使前进中的危险和风险越来越大，矛盾和问题越积越多。同时，领导干部的言行有很强的示范效应，如果领导干部看见不足、面对问题退避三舍，态度暧昧，就会影响更多的人效仿跟风，形成一种不良气候。

不愿说不足，不敢唱"黑脸"，说到底是私心作怪、私利作祟。一些人总是怕字当头，经常是怕这怕那，既怕伤和气，又怕丢选票，更怕引火烧身，一句话就是怕自己的个人利益受到影响，时时处处明哲保身。还有的人不敢唱"黑脸"，恐怕是因为自身屁股不干净，"吃人家的嘴软，拿人家的手短"，底气不足，怕"你说人家，人家说你"。打铁还得自身硬，唱"黑脸"的底气，首先来自坦荡无私、一心为公。

敢于唱"黑脸"，就是要敢于说不足。看病是治病的前提，发现和指出问题是解决问题的条件。善于"望闻问切"，直言不讳，有一说一，不以一俊遮百丑，才能切中时弊、发人深省。

敢于唱"黑脸"，就是要敢于说"硬话"。有人说过去在讲某人的缺点时,还用有些"急躁",如今,因为怕人接受不了,连"躁"字也不用了,还要加上"有时",批评人的话说得更加"婉转""软绵绵",成了一种思想按摩。面对缺点、不足和错误,必要的"拍桌子"比一味的"拍胸脯"更利于解决问题。

敢于唱"黑脸",还要敢于自我"揭短"。批评不易,自我批评更不易。现在不少地方是,"相互批评提希望,自我批评谈情况",批评和自我批评字斟句酌,还被美其名为讲究方式方法。自我批评是一种胸襟、勇气和自觉,是以形示人。领导干部要常照镜子,知不足、纠不足,帮自己查不足、讲不足,不讳疾忌医,勇于树立纠错标杆,营造闻过则喜、知错就改的好风气。

毛泽东同志曾经指出,所谓发挥积极性,必须具体地表现在领导机关、干部和党员,"敢于和善于提出问题、发表意见、批评缺点"。唱"黑脸",乃事业所需、人民所呼、现实所求。敢于讲问题、说不足,才会知得失、辨方位、敢进取,我们的队伍就始终充满生机活力,事业就更有希望。

也要学会"踱方步"

(《人民日报》2011年4月6日)

京剧舞台上有一种角色,亮相时常常斯斯文文、不紧不慢,这种大而稳的行走便是"踱方步"。在社会舞台上,同样需要"踱方步"。陈云同志曾经说过,党内得有一批人是踱方步的。这话耐人寻味、意蕴深长。

"踱方步"是一种形象化的说法,它不是强调人的一种走路姿态,而是指人的一种思考和沉静状态,意谓:静心学习、用心思考、淡泊名利、善于谋略。他们往往站位高、想得深、看得远,大都思想深邃、思路纵横、视野开阔,虽不是什么先知先觉,却每每见微知著、一叶知秋。

对领导干部来说,"踱方步"有时也是需要的。当下,改革发展生机蓬勃,国际风云变幻多端,形势发展很快、变化很大,新情况、新问题和新矛盾也层出不穷。时代大变革、格局大变动、利益大调整、事业大发展,迫切需要一批有思想厚度和深度,深谋远虑、足智多谋的人。

特别是,当今社会节奏加快、转型加速,衍生出很多光怪陆离、扑朔迷离的东西,在碎片化、娱乐化倾向加剧的环境里,眼花缭乱的东西很多,昙花一现的也不少,同样需要沉得住气,静得下心来,慎思明辨、鉴别虚实。

然而,当前干部队伍里,不少人都是在走"碎步""快步",甚至"猫步""乱步"。比如,干部普遍很忙,"眼睛一睁,忙到熄灯",工作多,应酬也多,8小时内外都很忙。平心而论,这些干部不少也是身不由己,既有辛苦更有无奈。但从事业发展来说,在更多时候、更多情况下,会"动脑"的干部比会"动手"的干部更为缺乏,"思想型"干部比"操作型"干部更为稀缺。俗话说:善弈者谋势，不善弈者谋子。领导干部要经常谋谋势，需要既扑下身子务实，又跳出琐碎事务。

"踱方步"，重要的是踱动脑之步、动笔之步和动心之步。学会战略思维、辩证思维和创新思维，善于运用马克思主义的立场、观点和方法，分析、研判和解决重大的战略问题，在纷繁复杂的事物中辨明方向、理清思路、选择路径；学会在心浮气躁、急功近利的风气里，在各种诱惑面前，"看庭前花开花落，任天外云卷云舒"，更加平静、沉稳和执着。总之，就是要更多地注重思考和总结，更多地注意学习和调研，保持一份清醒和自觉，坚守一种淡定和从容。

"踱方步"，关键得学会给自己留出空间，多做"减法"、多"松绑"。忙，是眼下不少人的常态，但越是忙碌，越要善于学会偷闲不偷懒。事务不必太满、交往不能太杂、应酬不可太多、欲望不要太强。多拿"笔杆子"、少端"酒杯子"，多坐书桌、少坐牌桌，集中心思和精力于学习和思考，在"踱方步"中丰富、提升和完善自己，在"踱方步"中站上时代高处，走向时间深处，为党和人民的事业作出更大贡献。

82

走出"被调研"的围城

(《人民日报》2010年12月30日)

时下,一些调研经常遭遇这样的窘境:想开座谈会了解情况,却尽是一些能说会道的来背"标准答案";想解剖"麻雀"研究问题,却只能看看一些"繁花似锦"的示范点、"样板间";想深入一线掌握动态,却怎么也走不出步行街、沿江路、大广场等"三大件"构成的隐形"围城"。这种调研,任人摆布,脱离实际,其实是"被调研"。

"被调研"现象,表面上看是基层有人弄虚作假,但根子却是一些干部下基层调研,不少都是心照不宣地做做样子、走走"套路",蜻蜓点水,走马观花。有的习惯于"隔着玻璃看,坐着轮子转",满足于听听汇报、看看材料。"城中好高髻,四方高一尺",上有所好,下必甚焉。不少基层干部正是摸透了、瞄准了一些领导干部心之所想,投其所好。"被调研"现象的滋生,反映了少数干部浮躁、虚夸的工作作风。

陈云同志曾说:"领导机关制定政策,要用90%以上的时间做调查研究工作,最后讨论做决定用不到10%的时间就够了。"调查研究是领导机关和领导干部的经常事、基本功。调查研究本身不是目的,而是为了发现问题、研究问题,为研判形势、制定政策、作出决策提供可靠依据。

一些人如果沉迷于"被调研""浅调研"等状态,"捞"不到真实情况,甚至听不到真话实话,听到或看到的都是报喜不报忧的"形势大好",问题被掩饰了,矛盾被掩盖了,得到的只能是虚假信息和错误信息。差之毫厘,谬以千里,调研脱离实际、远离基层,分析问题难免盲人摸象,误打误撞,决策做事就会"盲人骑瞎马,夜半临深池",因错误信息导致行为失误,给当地发展造成严重后果。

防止和克服"被调研",首先需要端正态度。只有真正放下身段、扑下身子、放下架子,带着感情、带着问题下去调研,虚心向基层的干部群众学习,真心实意地问计于民,面对面、手拉手地与群众零距离"唠家常",才会受群众欢迎,被基层接受,让大家说真话、道实情。

调研是一门学问和艺术。到哪调研?找谁调研?怎么调研?里边有着很多讲究。好的调研,要掌握主动权,既完成好"规定动作",更要有"自选动作",专门看看"没有准备的地方"。多搞一些"不打招呼""不作安排"的随机式调研,既是一种可贵的作风,也是一种明智的方法,是摆脱"被调研"的有效途径。

岁末年初,是大搞调查研究的好时节。总结过去,分析情况,研究问题,谋划将来,领导干部尤需保持一份清醒和责任,心明眼亮,目光如炬,多搞真调研,多想真问题,多下发展需要、群众期盼的苦功夫,工作和思想才会豁然开朗。

事业·职业·副业

(《人民日报》2010年11月3日)

有这么一种说法,如今干部的工作态度可以分为三种:一种是把工作当成事业,另一种是把工作当作职业,还有一种是把工作当成副业。对这种说法,不妨当作一面镜子,揽镜自照,扪心自问,看看自己属于哪一种。

态度反映境界,态度决定状态。三种不同的工作态度,反映了不同的人生观、价值观和事业观,折射出高低分明的思想境界和精神状态。

把工作当成一种事业的人,不是为工作而工作,而是通过努力工作实现为国分忧、为民谋利的理想抱负。

把工作当作一份职业的人，则完全是为工作而工作，工作是为了糊口养家，上班是为了稻粱谋，在他们眼里工作只是谋生之道、安身之术、立命之所。而把工作当作一门副业的人，工作仅仅是一个招牌、一个幌子，他们心不在焉，把心思和精力都放在本职之外，有的甚至利用公职、公权揽私活、谋私利。

态度折射品质，态度影响成败。把工作当事业来对待的人，往往会激发一种强烈的使命感，保持旺盛的工作热情，变"要我干"为"我要干"，以苦为乐，甘于奉献，在工作岗位上肯钻研、立标杆、当旗帜。把工作当职业来对待的人，往往做一天和尚撞一天钟，只求"过得去"，不求"过得硬"，只求"无过"，不求"有功"，斤斤计较个人的利益得失，满足于不出错、不出局，工作上难有大起色、大作为。而把工作当副业来对待的人，公事"磨洋工"、私事"打冲锋"，工作中慵懒散漫，敷衍了事，要么不作为，要么乱作为，结果误己误事更误人。

大量正反两方面的事实告诉我们，大凡有大作为者都视工作为事业，甚至视工作胜于生命，他们的人生也因事业有成而精彩纷呈，富有意义和价值；而大凡平淡无为者多因只为工作而工作,结果工作完了,人生也到头了,退休便褪了色,退位便失了志;至于那些把工作当副业的,不但会因为"不务正业"而砸了"饭碗",而且常常会因为一己私利而误入歧途。

有志者有为,有为者在于把一份工作当作一种事业来追求、创造和实现。说到底是树立怎样的人生观。人为什么而工作?从一定意义上讲,工作当然是一种谋生的手段,但更应该是有志者实现人生价值和理想的舞台,人的工作时间是有限的,但如果把有限的工作时间投入到无限的事业中去,这样的工作意义深远,这样的人生价值非凡。把工作当事业,就是对工作始终保持热情、充满感情、怀有激情,始终保持昂扬向上的精神风貌,让工作成为自己割舍不下的一份牵挂,让事业成为人生风景中最绚丽多彩的部分。

"取法乎上,仅得其中;取法乎中,斯风下矣。"究竟把工作是当成事业,还是权当职业,甚至是只当副业,检验着我们的人生状态、生命质量。自己目前的工作状态,属于哪一种?应该成为哪一种?值得我们每个人深切思之、好自为之。

84

庸俗的"客客气气"

（《人民日报》2009年12月1日）

时下，在一些地方和单位有一种现象：上级对下级常常顺着、宠着；下级对上级往往捧着、迎着；同级对同级时时哄着、抬着；对明摆着的不良习气或歪风邪气也常常是忍着、让着；等等。这种相互逢迎讨好、吹捧抬举的习气影响很坏，令人忧虑。

同志间这种不正常的"客客气气"是党内生活庸俗化、同志关系利益化的反映，是不讲正气、缺乏骨气的表现。如今在不少人眼里，很看重所谓的人缘，还美其名曰打牢"群众基础"，他们很注重积累能够左右逢源、八面来风的人际关系，相信"多个朋友多条路"，有的甚至认为现在组织上靠不住了，关键时刻还得靠人缘、有人脉。特别是现在有些地方和单位实际上存在着的以票取人、"一票定胜负"的现象，更加助长了一些人因为怕得罪人、怕丢票而不敢讲真话、实话、心里话，出现了"自我批评谈情况，相互批评提希望"的现象，等等。有的则片面地认为，现在是和谐社会，和谐就是要学会和稀泥，就是要你好我好大家好，不伤和气、一团和气，在这些人的处世哲学里，奉行的是明哲保身，讲究多栽花少栽刺，推崇"好人主义"；还有的则结成了利益小圈子、小团伙和小群体，把各自利益捆绑在了一起，团结成了抱团，今天你投桃明日我报李，江湖义气十足，哥们豪情洋溢，等等。

同志间这种不正常的"客客气气"掩盖了问题、掩饰了矛盾、助长了歪风，害人误己损事业。这种不正常的"客客气气"不是诚心诚意地关心人、爱护人和帮助人，不是真心待人、真情对人、真诚为人，也不是真心实意地尊重领导、善待同志，更不是全心全意地维护团结、维护大局。它掩盖了本应该或本可以早发现、早解决的问题，使一些人身上的毛病小洞不补，"补牢"晚矣。它还粉饰了一些本已或早已存在的矛盾，使之日积月累、积重难返，使党内和同志间的矛盾得不到及时解决，错过了"发现在早，处置在小"的好时机，而一旦点燃和触发，又一发而不可收拾。特别是，它所营造出来的这种"泡沫团结""虚假客气"现象成了党内生活的香风迷雾。

防止和反对同志间这种不正常的"客客气气"，说到底一靠教育引导，二靠制度规范。要理直气壮、态度鲜明地在党内和干部中间，说清楚、讲明白我们这种风气于人、于己、于事业的要害和危害；说清楚、讲明白对于这种风气的态度、原则和立场，通过教育引导，营造风清气正的良好环境。在这个问题上，各级领导干部带好头是关键。要从制度设计上鼓励和保护敢抓敢管、敢于开展积极思想斗争、敢于开展批评和自我批评的同志，不准压制批评，不许打击报复，不抓辫子、不戴帽子、不打棍子、不装袋子，使同志间说真话、实话、心里话。同时，从制度规范上对假客气的人不"客气"，不让他们捞到"油水"，得到好处。

我们的队伍，同志间应该是互相关心、互相帮助和互相爱护的，而最大的关心、帮助和爱护莫过于相互间的真诚和坦诚，莫过于直率和敢言。我们需要的是真团结而不是假"客气"，真和谐而不是和稀泥，做好人而不是老好人。只有这样，同志间的关系才是积极向上、健康有益的。

85

不让有正气的干部流汗又流泪

(《人民日报》2009年5月20日)

一段时间以来,一些同志反映,在有的地方和部门,一些有正气、讲原则的干部吃不开、受委屈。他们在评先选优时轮不上,提拔使用上没有份,培训深造上不沾边,这应当引起我们的格外关注。

我们的队伍里有一大批有正气、讲原则的干部。他们一身正气,两袖清风,跟理不跟风不跟人,讲是非而不弄是非,干实事而不会"来事",不搞团团伙伙,不去拉拉扯扯;他们敢于同歪风邪气作斗争,对不良现象能够拉下面子敢抓敢管,不怕得罪人,疾恶如仇,爱憎分明、肩膀硬、敢负责、不推诿；他们在原则和道义上不让步、不打折，不搞变通，不讲下不为例，不拿原则作交易；工作上从不挑肥拣瘦、不拈轻怕重，像"老黄牛"，埋头干活，踏实干事；等等。

有正气、讲原则的干部是党的干部队伍的骨干和中坚，是党的事业的有力依靠和支撑，也是我们这个社会的脊梁和财富，任何时候都要倍加珍惜，倍加呵护。然而，现实生活中，这些人往往因为口气硬而容易"得罪"人，因为不抱团而容易"疏远"人，因为不圆滑而容易"抵触"人。在一些人的眼里，他们经常成了清高、骄傲、古板的代名词，甚至被认为"不合群""不入流""不好处"。结果，有正气、讲原则反而被一些人说成是不善于团结，不好共事，缺乏所谓的"群众基础"，甚至被看成是一种障碍。这不仅容易让有正气的干部积极性受到挫伤，而且搅乱了风气。

不让有正气的干部流汗又流泪，就是要不让他们吃苦又吃亏。要时刻惦记他们，关心爱护他们，当他们遭遇困难、陷入困境时，要积极地排忧解难、扶危救困，特别是要从制度上保证他们能干事、好干事、干成事，给他们搭建和创造心情舒畅的干事舞台，极大地调动他们的积极性、主动性和创造性；当他们面临提拔使用、评先评优时，要同等从优、同等从先，让干成事有正气的人脱颖而出，得以重用。

不让有正气的干部流汗又流泪，就是要不让他们受累又受气。在关键时候、重要场合和重大问题上要旗帜鲜明地为有正气的干部鼓与呼、呐与喊。当他们被人误解而丢票时，要不为票所惑、不为票所缚，力排众议、澄清是非；当他们被人贬抑，遭人挖苦、打压时，要挺身而出，敢于抵制，为有正气的干部说话，而且用行动去说话，这是最实际、最有力也是最有效的保护和支持。

用什么人就是导向。只有让有正气的干部吃苦而不吃亏、受累而不受气，让有正气的干部真正吃香，成为一种令人尊敬的标杆，一种引人学习的取向，才能够克服干部工作中的不良风气，也才能使我们的事业发展得更好。

不让"官油子"得势得利

(《人民日报》2009年4月9日)

"官油子"是人们对那些投机钻营、见风使舵的"不倒翁"式干部的俗称。在我们干部的队伍里,确有一些"官油子"。他们大都过得很自在,好处少不了,吃苦受累的活不沾边,有的人还颇有市场,左右逢源,甚至步步高升。这种现象,应当引起关注,并切实加以防范和解决。

"官油子"是我们肌体上的病灶,如果任其滋长蔓延,让他们得势又得利,会直接侵蚀和腐化肌体,把风气搞坏。"官油子"是一种歪风邪气,现实中不少庸官和贪官都是从"官油子"中衍生、蜕变和演化而来的。所以，继续让这些"官油子"吃香、走俏，一方面，会造就更多的庸官、恶官、贪官；另一方面，也会极大地挫伤大批忠诚老实、勤勉干事干部的心，让有正气、有骨气的干部寒心、伤心。更为严重的是，这还会扭曲是非观、荣辱观、价值观，使一些人产生迷茫和困惑，甚至效仿"官油子"。长此以往，会使正气受抑，败坏党风、政风，阻碍党的事业的发展。

对于"官油子"，群众反感、干部厌恶。对"官油子"现象，不仅应该鞭挞，而且应该把它作为干部选拔任用管理的一个重要方面来治理。要多引导干部在"为谁当官、为什么当官、当什么官"的问题上正本清源。特别是，要澄清一些错误的认识，比如"官油子"是"会做官"的表现，是适者生存"有本事"，"官油子"总比贪官好，等等。党员干部应该是具有崇高理想和思想境界的革命者，应该是一个高尚的人，一个纯粹的人，一个脱离了低级趣味的人，一个有益于人民的人。

我们还应该多从制度上想办法、出实招，切实不让"官油子"得势又得利，并使"官油子"在干部队伍里越来越少。一个重要的举措就是不让这类人继续得到提拔重用，要从干部人事制度的各个环节上堵他们的路，不给他们晋升的阶梯和机会。

不让"官油子"得势又得利，关键还在于约束和监督他们，形成强大的社会和舆论压力，铲除"官油子"滋生蔓延的土壤，让他们过不好、不好过，让他们"油"不起来、"混"不下去；不让他们有机可乘、有隙可钻，不让他们形成小气候、小圈子。不让"官油子"得势又得利，还有很重要的一个方面就是让公道正派的干部得到肯定，成为榜样，树起正确导向，这也是对"官油子"最有效的抵制和反对。

87

愿"大白话"新风更强劲

(《人民日报》2009年3月17日)

每年两会,都有令人欣喜的亮点。今年在人大代表、政协委员共议国是时,提倡多讲"大白话"成为一时新风。以明白易懂的"大白话"进行政治讨论,不仅有益于增加政治透明度,反映强烈的群众意识,也是对一段时间以来"套大空"话风文风的一种纠偏。

有一种说法,说现在我们的一些领导干部不太会说话,经常是套话、大话、空话一大堆,真话、实话、心里话、"大白话"很少听得到,说出来的一些话是干部不爱听、群众听不懂——"与新社会群体说话,说不上去;

与困难群体说话,说不下去;与青年学生说话,说不进去;与老同志说话,给顶了回去。"

领导干部是要做人的工作的。做人的工作最基本的方法和途径,就是要经常与人交流沟通,达到动员人、组织人、宣传人和说服人的目的。而在这种沟通中,重要的是能够把事情和道理说清楚、讲明白,把话说到人们的心坎上,让人想听、爱听,不但能够温暖人、打动人和感染人,而且能够说服人、动员人和影响人。要达到这个效果,关键当然在于说话要有思想、有思路,言之有物、有的放矢,也就是说有"货色"。然而,还有一个很重要的问题,就是要善于多讲些"大白话"。

文以载道,言为心声。领导干部多讲些"大白话",不但能增添说话的语言色彩,增强沟通力、感染力和说服力,更主要的是能够与群众同频共振,引起群众共鸣、产生同感,增强群众工作的有效性。胡锦涛总书记一句"不折腾"的大白话,立即在广大干部、群众中产生巨大反响,就给我们以深思和启迪。

提倡领导干部多讲些"大白话",必须正确看待"大白话"。有的领导干部不注重讲"大白话",主要是看不起"大白话",不屑讲、不愿讲"大白话"。其实,讲"大白话"不是去讲庸俗的话。恰恰相反,"大白话"通俗而不庸俗,它是真正的"普通话",即普遍通行的大众话,它是"群众语言"的结晶,是生活语言的概括,是"街头语言"的提炼。"大白话"往往也是大实话,是真话、实话、心里话的表达。通俗易懂、简洁明了,这样的"大白话"鲜活生动,朴实亲切,比之官话、套话,群众肯定更爱听。

毛泽东同志说,人民的语汇是很丰富的,生动活泼的,表现实际生活的。群众才是真正的语言大师。"大白话"来自群众,来自基层,来自生活,来自人们的内心深处和情感世界。一些领导干部之所以不太会讲"大白话",也是因为平时这方面的积累太少,与群众相处太少,积淀不够。只有深入到群众中,向实践学习,向生活学习,我们说的话、写的文章才不会"只有死板板的几条筋"。

今年两会的"大白话"新风,希望在社会生活中也能蔚成风尚。当前,我们改革发展稳定的任务十分繁重,越是在这种时候,越需要我们的领导干部更好地宣传、动员和组织群众,把形势说得更透,把任务说得更明,把问题说得更清,说出更多富有感染力、说服力的"大白话",让群众听得进、想得通、记得住,从而进一步统一思想、形成共识、凝聚人心。

88

最基本的东西最管用

(《人民日报》2009年1月12日)

"在新的国际国内形势下和新的历史起点上,我们必须坚定不移地坚持党的十一届三中全会以来开辟的中国特色社会主义道路,坚定不移地坚持党的基本理论、基本路线、基本纲领、基本经验。"在纪念党的十一届三中全会30周年大会上,胡锦涛总书记用两个"坚定不移"强调我们要坚持的"基本"东西。

改革开放30年了,当我们回首往事,总结过去的时候,有一种感悟涌上心头。多少年来,真正对我们的时代进步、社会发展、思想解放和生活变化产生深远影响、发挥持久作用的，依然是经过大浪淘沙、风雨洗礼而积淀下来的那些最基本的东西。

基本，基础、根本之谓也。最基本的东西应该说是那些曾经并仍然起着基础性、主导性作用，具有普遍意义的理论、理念、思路和办法。比如说，立足于把自己的事情办好；集中力量办大事；发展是硬道理；稳定压倒一切；任何时候都要"两手抓"；发动群众、依靠群众、为了群众；艰苦奋斗、勤俭治国；等等。这些长期以来我们所坚持的基本路线、基本理论、基本纲领、基本政策和基本道理，所倡导的最基本的制度、措施、办法和价值取向，经过岁月的考验、穿越时空的隧道，为人们所普遍认同和普遍遵循。

最基本的东西往往最简单，也最朴素。它们来源于实践又指导实践，来自群众又被广大群众所推崇。这些最基本的东西看似简单、朴素，实质深刻，而且蕴含着无限的大智慧、大道理。它既贴近实际，又靠近真理；既符合客观规律，又适应时代潮流；既切合群众需要，又经过实践检验。

最基本的东西往往最实用，也最管用。与改革开放一道牵手而来的人们都不同程度有这样一种感受：当我们被许多扑朔迷离、眼花缭乱的所谓"新东西"迷惑时；当我们被无数光怪陆离、五花八门的所谓"新东西"障碍时；当我们被众多貌似真理、颇能吸引人的所谓"新东西"分散精力、转移视线、干扰心思时，我们总是能够从那些最基本的东西中真正找到解决问题的答案，找到克服困难的力量和找到迈向胜利的信心。实践反复证明，坚持最基本的东西，就不会因为纷繁复杂的形势变化而左右摇摆，就不会因为取得了一点成就、有了一些鲜花和掌声而忘乎所以，也不会因为遇到了一点挫折、碰到了一些困难而灰心丧气。坚持最基本的东西，就有了基本的方向、目标和准绳，就有了底气、勇气和骨气。

最基本的东西最宝贵，也最值得珍惜。坚持最基本的东西，就要学会化繁就简，善于抓住事物的主要矛盾和矛盾的主要方面，抓住本质的、基础性的问题进行辩证思考。善于甄别、辨析，注重一切从实际出发，量力而行，脚踏实地。要不为一切不切合实际的所谓"新东西"所迷、所惑；不为一切不符合客观规律、不"靠谱"、不中用的所谓"新东西"所动、所扰；不为一切脱离群众需求、背离群众意愿的"新东西"所驱、所行。现在，重要的问题是要通过梳理去分清楚到底哪些是最基本的东西，在此基础上，真正做到坚持最基本的东西不分心，运用最基本的东西不动摇，巩固最基本的东西不改变。

89

群众是最高明的老师

(《人民日报》2008年11月6日)

　　谋划发展思路和改进发展措施要做到向人民群众问计，向人民群众请教。胡锦涛总书记日前在中央党校重要讲话中提出的这一要求，言辞恳切，意味深长。它揭示了一个深刻的道理：人民群众才是最高明的老师。

　　历史唯物主义告诉我们：人民，只有人民，才是创造历史、推动时代进步的根本动力。历史车轮，风烟滚滚；时代潮流，浩浩荡荡。尽管一些历史人物、社会精英在特定的时期或阶段，会起到某种不可替代的特殊作用，但起根本作用的还是广大人民群众。

远的不说，仅回顾改革开放以来的这30年，多少具有深远历史意义、影响时代发展进程的伟大改革、杰出创造、重大发明、重要贡献，往往首先来自基层群众，原创于基层群众，发端于基层群众。从农村"大包干"，到企业的股份制改革；从非公经济的发展到大规模群众参与的自发性活动；等等。群众是改革发展的"源头活水"。他们的创造性活动，经过总结、概括和升华，便迅速在更大范围和更广领域中推开，星星之火成燎原之势，这成了长期以来我们推进事业发展、不断改革创新的一条基本经验。

广大人民群众既有极大的政治热情、创新精神，又蕴含着巨大的智慧、措施和办法，是创新思想的沃土，是创新思路的摇篮。这些从实践中来的思想、思路和办法，最朴素、纯天然、原生态，带着泥土的芳香，富有创造性和生命力，也往往最能够给人以深刻的启迪。过去我们经常说，群众中有很多"小诸葛""活地图"和能工巧匠，他们最贴近实际，点子多，办法新，思想活跃，往往不受旧的习惯思维的羁绊，不受不合时宜的条条框框的束缚。实践证明，许多难题到群众中去就会找到解决的办法，许多困惑到群众中去就会豁然开朗。只要我们善于从群众身上汲取营养，就能找到解决矛盾和问题的钥匙。

不久前，在国外的一次演讲中，温家宝总理引用《沉思录》中的一段话："请看看那些所谓的伟大人物，他们现在都到哪里去了？都烟消云散了。有的成为故事，有的连半个故事都算不上。"以此强调人民在历史发展中的作用，强调执政党一切为人民的宗旨。经历了30年波澜壮阔的改革开放，今天的中国依然需要人民创造历史，科学的发展更呼唤人民群众加以推动。

拜群众为师，才能找准位置；放下架子，才能端正认识、端正方法。必须摒弃群众是愚民，甚至是刁民的思想，反对自以为是，故作清高，反对自作聪明、刚愎自用，更不要认为自己才是"救世主"。改革发展大业，说到底是群众的事业，得靠广大群众齐心协力来共同推动，得靠集中群众智慧来共同完成。问计于民，求智于民，才能赢民心、聚民智，做到以真心换真话，以真情换真招，以虚心换智慧，以诚恳换办法。

亚里士多德有句名言："我爱吾师，但我更爱真理。"广大人民群众因为往往跟真理站在一边，和真理相伴，与真理同行，应该是我们最高明的老师。

中国的经验　世界的经验

（《人民日报》2008年9月2日）

北京奥运会完美谢幕了。

当绚烂归于平常、欢腾归于平静的时候，我们值得进行一番梳理、回顾和总结。从当年的激情申办到长达7年的积极筹备，再到今朝的辉煌成功，我们走过了一条充满风雨和阳光、艰辛和苦痛、鲜花和荆棘、光荣和梦想的不平坦道路，个中滋味，让人百感交集。

在这条不太平坦的奥运道路上，我们有太多的心得体会和感受感悟，积淀了许多宝贵而有益的经验。从奥运场馆建设到恢宏开幕式的组织，从奥运交通舒缓到150

万志愿者的表现，其间我们曾经碰到了许多从未碰到过的新情况、新问题和新困难，经受了诸多从未经历过的考验和挑战。也正是在这样一种历练中，我们学会了怎样去组织、协调和统筹管理如此浩大工程的科学理念、思路和办法；学会了怎样去坦然、从容地及时处置自身存在的各种不足和缺陷；学会了怎样与媒体特别是外媒打交道，如何正确应对一些负面报道；学会了如何向世界正确发声，赢得他人理解和尊重，通过奥运这个大舞台去展示风采、拥抱世界、融入全球；更学会了作为一个大国和大国国民应该拥有的自信、开放、理性、包容的健康心态和精神风貌；等等。应该说，我们成功地做到了，也正因为如此，我们收获了一届"不同凡响"的高水平、有特色的奥运会，收获了各国体育健儿和世界人民发自内心的"谢谢"。

北京奥运会既是一个大舞台，又是一个大考场；既是一次大机遇，又是一次大挑战。7年的默默操练，16天的闪亮登场，中国人民向世界人民交了一份满意的答卷。北京奥运会是短暂的，它在中华民族的发展史上只是弹指一挥间，然而，它却注定要成为中华民族成长道路上的一个里程碑和重大标志性事件，成为中国人民实现新跨越的历史起点。北京奥运会的内涵已经远远超出竞技体育的范畴，它以宽广的视野为东西方文明提供了一个近距离接触和交流的难得机遇，并给予人们深深的启迪。

日前，胡锦涛总书记在会见下一届奥运会举办国英国首相布朗时说，我们愿同你们一起分享举办奥运会的经验。布朗也说，愿意借鉴中国举办奥运会取得的成功经验。而早在此前新加坡等一些国家就已经表示要向北京学习，借鉴北京经验。

经验是宝贵的财富。重大任务完成之后，及时地总结经验是我们的一个好传统。北京奥运是一部永恒的经典，它所积累下来的经验既是往届奥运经验的延续、继承和发扬，更是中国共产党领导中国人民立足中国实际，在中国制度和体制下的一种创造和发展，是中华儿女聪明才智的结晶。它用中国人民对奥林匹克精神的独特理解和生动诠释，为人类贡献了一份珍贵的精神礼物。

北京奥运经验是中国的，也是世界的。

91

共产党人的答卷

（《人民日报》2008年7月11日）

时至今日，广大党员自愿交纳"特殊党费"的活动仍在继续，人数还在持续增加，数额也随之节节攀升。"特殊党费"在党内外所产生的社会影响力越来越大，释放出来的救灾效益和政治效益也日益凸现。

"特殊党费"是特殊时期的新生事物。它时间特定、方式特殊、影响特别。在这次抗震救灾中，80多亿元的"特殊党费"，带来了巨大的救灾效益，同时也产生了巨大的社会影响。这弥足珍贵。

汶川大地震是新中国成立以来我们国家所经历的一

场大灾难，造成了难以估量的损失。当前灾区已经进入恢复生产、重建家园的阶段。在废墟上托起美丽的新家园需要大量的资金，让千百万受灾群众过上幸福的新生活需要更多的支持，保证上百万学子尽快重返新校园更需要大批的援助。相对灾区方方面面所需，这笔"特殊党费"意义特殊。充分发挥好"特殊党费"的救灾效益义不容辞。

如何发挥出最大的救灾效益？答案是科学安排，合理分配，有效使用，突出解决好直接关系群众切身利益的生产、生活中的实际问题。把钱用在刀刃上，把钱用到群众看得见、摸得着的地方。急群众之急需、用群众之急用、办群众之急办，让有限的资金发挥出更大更强的效用。

在这场大灾难面前，广大党员踊跃交纳"特殊党费"，折射出朴素的人性光芒，释放出党员的党性光辉，更彰显了党与人民群众心连心、同呼吸、共命运的党群干群关系。踊跃交纳"特殊党费"，是共产党人在国家民族危难之际，救群众于急难、挽民生于困境的义举，不仅是贯彻科学发展观的生动实践，也是富有时代感的党建创新之举。多少党员在这次大行动中受到了一次生动的党课教育,过了一次特殊的组织生活;心灵受到了净化,思想获得了升华,党员意识得到了增强。

而党群、干群关系,也在这血脉相连的大爱中更加融洽,党心、民心在这心心相系的真情中更加凝聚。它是一笔难得而又宝贵的"党产",是共产党人向党和人民交上的一份满意的"答卷"。我们应当把这次交纳"特殊党费"行动作为一个改革创新的典型案例,及时总结宝贵经验,用以更好地教育、引导、影响和带动更多的党员不断增强党员意识、改革创新意识,更好地保持和发展党员的先进性。

"特殊党费"是一个良好的发端,它所折射的精神与力量,它所释放的能量与效益,必将更为深远地影响广大党员,辐射社会民众,激励我们更好地为党和人民的事业贡献智慧和力量。

92

"特殊党费"告诉我们什么？

(《人民日报》2008年6月18日)

在这次抗震救灾中，到处流淌着爱的暖流，演绎着感人的故事。在这大爱真情的天地间，有一道动人的风景：从总书记到普通党员，千万共产党员用交纳"特殊党费"的方式，向灾区人民献上了一份特殊的爱。这个在危难时刻的可贵创新，必将载入史册，成为党史上光辉的一页。

3400多万党员慷慨解囊，近70亿元的"特殊党费"分外沉甸甸。这壮观的一幕，温暖着灾区，感动着社会，启迪着我们。

"特殊党费"告诉我们，广大共产党员中蕴藏着巨大的政治热情。国家有难，匹夫有责；人民有苦，党员先上。共产党员是用"特殊材料"制成的先进分子，是国家和民族的脊梁。

疾风知劲草，板荡识诚臣。在大灾大难降临的时候，广大党员急中央之所急，想群众之所想，关键时刻站得出来，危难之际豁得出去，蕴藏在广大党员身上的政治热情和思想觉悟骤然间迸发出来。

大灾面前，党员们用行动为党分忧，为国解难，为民奉献。一加十，十加百，百加千千万，涓涓细流汇成爱的海洋。从病榻上的耄耋老人到尚未毕业的大学生，从血肉相搏的救灾一线到加班加点夜以继日的大后方，从十几元到上千万元，万千共产党员不只是交纳着特殊的党费，更是在践行着党的宗旨，彰显着党员强烈的组织观念——入党时的庄严誓词，在这一刻得到了生动诠释。

"特殊党费"还告诉我们，顺势而为，因势而导，共产党员的先进性就能生动展现。如此大规模的交纳"特殊党费"大行动，从一开始就不是哪一个人和哪一级组织刻意设计、特意安排的，它只是源于一个普通的农民企业家党员所为。星火一经点燃，顿成燎原之势，广大党员纷纷响应，争先恐后。这一行动符合党员意愿、受到群众欢迎、赢得社会赞许、贴近国家需要。在这种时候，我们所要做的就是用满腔热情去呵护、去扶持、去鼓励和引导。实践证明，顺势可以有为，有为还得创新，广大党员身上所展现出来的先进性，只要我们精心地去维护好、发展好，就能发挥出巨大的作用，就能绽放出无穷的魅力和光芒。

感受着这沉甸甸的"特殊党费"，我们有理由为这些用"特殊材料"制成的先进分子而骄傲和自豪；感受着这份"特殊的爱"，我们接受了一次难得的特殊组织生活和党课教育。它让我们看到，我们这个党之所以能凝聚亿万人民群众的心，我们这个国家之所以百折不挠、愈挫愈奋，我们这个民族之所以在大灾害面前压不垮、震不倒，就在于有无数以国家和人民利益为重的先进分子，冲锋陷阵、率先垂范，正是他们用自己的特殊奉献，用朴素的大爱撑起了一片澄澈的蓝天。

93

感受狼牙山

(《人民日报》2005年8月2日)

很早以前,我是从小学课本和黑白电影中知道太行山东麓那座英雄的山。淡淡的浮想中,那里曾经硝烟弥漫、炮火连天。当我真真切切地走近这里,硝烟早已散去,烽火已成记忆,这里草木葱茏、和谐宁静。

撩开历史的帷幔,拂去岁月的尘埃,六十四年前那悲壮的一幕清晰地闪现。羊肠小道上,印留着抗日战士与敌周旋、牵制迷惑敌人的足迹;幽幽山谷间,回荡着那气吞山河的声声呐喊。那是怎样的一种惨烈,怎样的一种悲壮和英勇?

马宝玉、胡德林、胡福才、葛振林、宋学义浴血奋战、弹尽路绝，一边是咆哮之敌，一边是万丈深渊，是玉碎还是瓦全？他们大义凛然，宁死不屈。五个英雄的身躯纵身一跃，牛角壶上演绎了舍身跳崖的悲壮一幕，侵略者也不得不为此脱帽折腰。走进狼牙山，棋盘陀上五勇士纪念塔巍然屹立。这塔是中华民族正气凛然、不可战胜的象征。感受着这惊天地、泣鬼神的壮举。历史的丰碑，永远镌刻下不朽的英名；人民的口碑，永远传颂着勇士的赞歌。

风萧萧兮易水寒，壮士一去兮不复还。千百年来，燕赵大地多慷慨悲壮之歌。在这片热土上，有为"明不言"之志自到而死的田光、有为刺杀秦王未遂被秦王斩杀的荆轲、有为报燕国之仇以筑击秦皇帝不中而死的高渐离，等等。一个个顶天立地的英雄为理想而死，为天地立命，大义凛然，义无反顾，唱响了这悲怆的英雄交响曲。感受着这燕赵古风，感受着巍巍狼牙山，突然间，我想，易水河畔那到处可见的笔直而不屈、高耸而硬朗的杨树，不正是一个个壮士的化身、精神的写照吗？

火红的五月走近火红的狼牙山，这里百花鲜妍，灿烂明媚。坡岗沟壑之间,层林尽染,山峦叠翠。登高望去,千峰万岭,峥嵘险峻,飞瀑流泉,云烟氤氲。这山,这水,这土地,生机盎然,创造无限。静静的易水滋润着这片沃土,缓缓流淌着一个个传奇,巍巍的狼牙山昭示着后人,细细诉说着不朽的故事。

持久战与攻坚战

(《人民日报》2003年11月19日)

当前,在解决群众生产生活中的问题上,各级政府和各级干部是尽心尽力的。但是在实际工作中,存在着两种值得注意的倾向:一种是,当上面特别强调时就抓得紧一点,群众意见比较大时就集中抓一阵,逢年过节时就突击抓一下。另一种是,在有些地方和单位,对群众生产生活中那些难度大、矛盾多的问题,不敢也不愿下大功夫去解决。这两种倾向,既不利于群众生产生活问题的真正解决,不利于真正实现好、维护好、发展好最广大人民群众的根本利益,也不利于改进党的作风、树立党和政府的形象、密切党群干群关系。

这里要提出的问题是,解决群众生产生活中的困难,既要打持久战,也要打攻坚战。

关心群众生产生活不是一朝一夕的事。只要群众的生产生活在继续,各种矛盾和困难就会持续不断地出现,加之不可抗拒的自然灾害等因素的影响,必定会经常出现这样那样的问题。有时候一个问题刚刚解决,另一个问题又暴露出来;旧的矛盾还没有解决,新的矛盾已经产生。这意味着关心群众生产生活始终是一个动态的过程,不可能一劳永逸、一蹴而就。有时群众生产生活中的一些问题会表现得相对突出一些,困难会表现得相对集中一些,需要我们集中精力、集中时间去研究解决,包括集中办几件群众看得见、摸得着的实事好事,但这不等于说可以高枕无忧了。解决群众生产生活中的突出问题必须打好持久战。

关心群众生产生活首先要满腔热情、坚持不懈地抓,从关系群众切身利益的突出问题入手,一桩桩、一件件去办,办到细处,落到实处。但也要清醒地看到,在当前形势下群众生产生活中的问题又绝不是那么简单。随着改革开放的不断深入，深层次的矛盾不断出现，人民群众对改善生产生活条件的要求也在不断提高，解决问题的难度在加大。许多问题都是"硬骨头"，矛盾交织，错综复杂，有可能"牵一发而动全身"。解决这些问题要采取多种手段，在观念、体制、利益分配等深层次矛盾上下功夫，通盘考虑，统筹解决。这就要求各级领导干部要迎难而上，下大功夫、花大气力去攻克难关、解决难题，打赢攻坚战。

打好持久战、攻坚战，需要具备相应的素质。这种素质首先表现为强烈的事业心和责任感，以及坚持不懈、迎难而上的精神气概和意志品质。还要有求真务实、真抓实干的工作作风。对待群众来不得任何虚假。群众在我们心里的分量有多重，我们在群众心里的分量就有多重。要真心实意，以心换心，务求实效，切忌作秀。更要有清晰的工作思路和科学的工作方法。大处着眼，小处着手，统筹兼顾，标本兼治。

我国有近13亿人口，生产力不发达，经济文化发展不平衡，这个基本国情决定了我们逐步实现全体人民的富裕需要一个很长时期的奋斗。在这个奋斗过程中，我们一定要做好打持久战的准备，做到不断抓、坚持抓、长期抓；又要有打攻坚战的勇气，抓紧、抓实、抓细。只要坚持不懈地做，我们一定能够取得实实在在的成效。

95

聚精会神干工作

（《人民日报》2003年1月20日）

新年到来，这对各级领导干部来说是非常忙碌的时期。既要总结去年的工作，又要谋划今年的发展，千头万绪，往往还有各种检查、评比、庆典也随之而来，名目繁多，应接不暇。在这种情形下，各级领导干部能否按照十六大精神，聚精会神搞建设，一心一意谋发展，深入基层、深入群众、深入实际，集中精力去解决那些关系群众切身利益的突出问题，尤为重要。

总的来看，大多数领导干部精神状态是好的，但有的同志也多少有些分心走神，不是专心致志、聚精会神地干工作，而是热衷于各种名目繁多的应酬；有的刚去一个地方工作不久，便心急火燎地忙活舆论包装，媒体炒作，追求"轰动效应"。

聚精会神干工作，首先要把持住自己。杂念太多，耐不住寂寞，抵不住诱惑，发展下去是很危险的。"淡泊以明志，宁静以致远。"在名利面前，我们应有一种平和、平静、平常的心态。遇事情不急不躁，取得成绩戒骄戒躁，在五光十色的社会生活和各种各样的诱惑面前，慎独、慎微、慎欲，才能扑下身来工作，潜下心来学习，静下神来生活，心神稳定，从容不迫。

聚精会神干工作，就要心中装着组织和群众。各级领导干部要时刻牢记，自己手中的权力是党和人民给的，只能用来为党的事业服务，为人民的利益服务，忘记了这一点，就难免导致自我的膨胀和迷失。干部要摆正自身、端正自我，需要经常从组织和群众那里定"坐标"，打"根基"，找感觉，发现自身的差距和不足。作为党的领导干部，尤其要把自己融入到人民群众特别是困难群众中去，经常看一看，问一问，离退休人员的养老金、下岗职工的基本生活费、城市贫困居民的"低保"金领到了没有，冬季取暖有没有保障，灾区群众的生活生产安排好了没有。只要这些事真正上了心，也就集中了心思。人的生命是有限的，但如果把有限的生命投入到无限的为人民服务中去，像焦裕禄那样"心中装着群众"，像孔繁森那样"爱别人、爱人民"，精神世界就会洒满阳光，就一定会专注于党的事业和人民的利益。

聚精会神干工作，就得少想自己，多想事业。"有容乃大，无欲则刚"是一条有益的古训，为政尤其需要这样的胸怀和境界。既然是共产党人，就应该义不容辞地投身于党和人民的事业，不能把升官发财作为自己的人生目的。党的十六大提出了全面建设小康社会的奋斗目标，需要我们奋发图强，加倍努力。对领导干部来说，有太多的工作要做，有太多的问题要解决，有太多的困难要克服，有太多的知识要学习。形势逼人，时不我待，稍纵即逝的发展机遇容不得"作秀"，容不得分神。只有把身心扑在事业上，把精力放在工作上，兢兢业业，埋头苦干，扎实工作，才能不负党和人民的重托，也才能在为党和人民工作的过程中，依靠自己的实干和实绩取得政治上的进步。

96

论本领"恐慌"

(《人民日报》1998年12月23日)

一九三九年,毛泽东同志曾经讲过一段意味深长的话:"我们队伍里边有一种恐慌,不是经济恐慌,也不是政治恐慌,而是本领恐慌。过去学的本领只有一点点,今天用一些,明天用一些,渐渐告罄了……学习本领,这是我们许多干部所迫切需要的。"

半个世纪过去了,重读这段讲话,面对迅猛发展的经济、政治、文化和社会生活,很多人有一种危机感、落伍感。观念陈旧,知识陈旧,显得措手不及、无所适从。其中,又可以区分出几种情况:一种是能比较清醒地意识到自己知识匮乏、本领不够，但不知该怎么办，从何入手。另一种是虽然也明白自己的不足，也有一时的恐慌，但总是懒于行动。再一种是自我感觉良好，对自己的一点点本事沾沾自喜，孤芳自赏，自我陶醉，有的忙于事务，疲于应酬，对于潜在的或已经明摆的差距却看不到，对于即刻到来的恐慌麻木不仁，等等。由此看来，毛泽东同志所说的"本领恐慌"，既是当年我们队伍中存在的，也仍然是现实中存在的，并且今后仍会是经常存在的，只是随着客观形势的变化，具体内容或表现方式不同而已。

恐慌，是由心理上的压力而引发的一种不适的或不良的思想精神状态，一般表现为对自身状态的紧张、惶恐和担忧，亦即通常所说的慌张不安或危机感。面对日新月异的社会生活，本领上的不适应是难免的，也是经常的，在这种状况下，人没有一点本领上的恐慌是不可能、不现实也是不应该的。从这个意义上讲，承认自身存在着某些本领上的恐慌是必须的。如果有恐慌，而不能及时得到很好解决，则会因为长时间的恐慌而压抑、而焦灼不安，并且容易急躁、浮躁，也会因为恐慌而自怨自艾，由怀疑自己而自暴自弃；如果有恐慌，而不承认、正视恐慌，则更会因为盲目乐观，而不能正确地对待自己，结果贻误自己，使自己与社会前进的距离越拉越远，最终被时代所淘汰。

当今社会的迅速发展，学习的任务异常重要而紧迫，唯有不断深入学习，不断地丰富和充实自己的知识，改善和优化自身的知识结构，拓宽知识面，全面提高自身素质，才能跟上形势。特别是面对知识经济的到来，更应该尽多地了解和掌握多学科知识，改变长期以来不同程度存在的知识结构性欠缺，实现从单一性知识结构向复合型知识结构的转变，从人文知识为主向"大学科"的转变。还要向实践学习。实践是所大学校，不但出真知而且长才干。一个人的本领大小既有赖于实践的检验，又来源于实践的锻炼。特别是要勇于到那些艰难困苦的环境中去，到基层和第一线去，直接经受那些急、难、险、重问题的考验。面对新形势下不断涌现的新情况、新问题和新的矛盾，既是对一个人本领的挑战，更是提高和增强本领的好机会。

如果我们能够像周总理提倡的"活到老，学到老"，追求新知，好学不倦，那么就能够真正掌握一点真本领，变恐慌为从容，变无所作为为大有作为。

领导干部要读什么书？

（《人民日报》1996年9月4日）

江泽民同志在《努力建设高素质的干部队伍》的讲话中提出"必须在干部中首先是各级领导干部中，开展深入持久的学习"。近来，领导干部读书之风在一些地方已渐形成，这是非常可喜的现象。现在需要进一步明确的是，领导干部应该读一些什么书和怎样去读书。

从总的来说，绝大多数领导干部对于读书的重点是明确的。许多同志在这一段时间内，除了认真学习马列主义、毛泽东思想，学习邓小平建设有中国特色社会主义理论外，还根据自身的需要，选读了不少有关经济、科学、社会、文化、艺术方面的书籍，多方面地汲取知识营养。但是，值得注意的是，有一些干部尤其是领导干部热衷于读这样两类书：一类是所谓"官场"谋划类的，即专门传授如何耍政治手腕，搞阴谋诡计，以图"仕途"升迁腾达，诸如《厚黑学》等；另一类是所谓"名人"传记，即专门琢磨如何为一己之利，或所谓的自我实现、出人头地而苦心经营，发家发迹。纵观这些书，要么大力鼓吹以自我为核心的极端个人主义思想；要么灌输一种尔虞我诈、弱肉强食的人生哲学；要么推崇奢侈挥霍的享乐主义思想；要么渲染一种看破红尘、看透人生的消极无为思想；等等。

为什么对这类书感兴趣？原因不一。有的可能纯属好奇，浏览一番；有的可能为了研究这方面的动向。这当然无可厚非。但是，如果出于以下两种情况，就值得注意了。一种是某些热衷于升官发财的人，往往从这些书中去寻找"理论依据"，去寻找"参照坐标"和"人生答案"，寻找串"门子"、找"靠山"、拉"关系"的诀窍。另一种是缺乏必要的政治鉴别力和政治敏锐性，不分美丑良莠，不辨香花与毒草。历史上的反面人物，都是逆历史潮流而动的，是反动阶级统治的工具，他们的发迹史是反动统治集团内部尔虞我诈、弱肉强食的一种写照，这早已是无可辩驳的历史。这本来就是一目了然而且盖棺论定的事实，而现在有的书，却把他们百般美化，打扮成"盖世英雄""千古完人"。一些领导干部如果带着欣赏、肯定的眼光去读这些书，还把这些人物和书中的一些思想观点奉为圭臬，视为人生信条，就不能不说是一种严重的政治麻木与糊涂了。

　　领导干部读什么书，绝不是一个单纯的读书或个人的兴趣爱好问题，它在干部群众中还具有导向作用。所以，任何对此忽视或轻视的态度都是错误的。面对跨世纪的重任，面对日新月异、千变万化的复杂形势与环境，面对新形势下层出不穷的新情况、新矛盾和新问题，领导干部要充实的理论、知识不是太多而是太少了。我们更应该热衷于读马列主义、毛泽东思想，读邓小平建设有中国特色的社会主义理论，这是我们立身处世的法宝；我们也应该读些哲学、读些历史。学好哲学，能够"终身受益"，学好历史，能够"知兴替、明得失"；我们还应该读些经济、读些科技、读些优秀文艺作品，在飞速发展的时代潮流中牢牢地掌握主动权。当然,闲时偶读一些名人传记之类的书,未尝不可,但应有正确的选择。倘若不加批判、不加分析、不加鉴别,或带着某种不正确、不健康的人生态度读这些书,并从中探寻某种所谓"秘诀",那就是我们所要反对和摒弃的了。

98

"凭实绩"不等于"凭数字"

（《人民日报》1995年5月10日）

注重工作实绩，凭实绩选拔任用干部，是选拔干部的一项重要原则。

邓小平同志指出："要选人民公认是坚持改革开放并有政绩的人。"党的十四届四中全会决定也明确指出："衡量干部的德和才，应该主要看贯彻执行党的基本路线的实绩"，"要全面考核干部的德、能、勤、绩，注重考核工作实绩"。这里所说的"政绩"和"实绩"，是指实实在在的工作成绩。一个干部在他本职岗位上或职责范围内做出的成绩，应当是客观存在的，是为人民群众所公认的，它不以人的主观意志为转移。这是"实绩"的本质特征。

可是，在某些地方，贯彻这一原则时产生了偏差，出现了不是凭实绩，而是凭数字用干部的现象。这是选拔任用干部工作中的一个值得引起重视的问题。

应当承认，源于现实、符合实际的统计数据，可以在相当程度上反映成绩大小、政绩高低。对于许多能够量化、需要量化的工作，如经济工作、计划生育工作等，离开具体数据指标，空谈成绩大小，不能令人信服。因此，看实绩有必要看看数字。但是，绝不能把实绩等同于统计数字，"统计的生命在于真实"，不准确的统计，掺了水的数字，就不能反映实在的政绩。如果仅凭数字看实绩，并进而凭数字用干部，势必助长在数字上弄虚作假、虚报瞒报的歪风。比如，为显示救灾成绩而夸大灾情，为标榜安全工作得力而瞒报生产事故，为表明工作政绩而虚报人均收入等，无不是在数字上耍把戏。所以，不能简单地把数字等同于工作实绩。况且，有些工作，如党的建设、教育、精神文明建设等，有许多内容不易或不宜量化，其成绩不能完全用数量指标来表现。

如果光凭数字用干部，这些工作就会说起来重要，做起来次要，忙起来不要。

工作实绩是干部德才的综合反映。德才兼备，是我们党一贯坚持的选用干部的标准。在新的历史时期，看干部的德，主要看是否拥护并认真贯彻执行党的基本理论和基本路线；看干部的才，主要看是否具有与现代化建设和社会主义市场经济相适应的知识、专业水平和组织领导能力。德才应当兼备，两者是辩证统一的；统一的实践表现就是工作实绩。"凭实绩"变异为"凭数字"，容易导致干部不良的工作作风，例如：急功近利，心态浮躁；相互攀比，比谁的"数字"大，甚至比谁更敢钻政策"空子"；弄虚作假，利用一些形式主义的东西哗众取宠，报喜不报忧；避难就易，难出政绩的地方不愿去，艰难困苦的基层或岗位不愿去，不能出"数字"的工作不愿干；等等。

此外，我们说的"实绩"是为民造福的业绩。为民造福的事业是千秋大业，需要一届一届班子、一任一任领导脚踏实地连续地干。因此，既要考虑群众的眼前利益，也要考虑群众的长远利益，把二者有机地结合起来。

不能为了追求一时的数字"政绩"而搞短期行为,给以后的工作造成不应有的麻烦和难以弥补的损失。

总之,"凭实绩用干部",是新的历史条件下正确考察和选用干部的一条行之有效的途径。只有坚持注重实绩的原则,真正重用实绩突出的干部,防止和反对"凭数字用干部"等不良倾向,才能把广大干部的注意力和积极性引导到埋头干党的事业上来,引导到奋发进取、争创工作业绩上来。

青年干部要养成优良心理素质

(《人民日报》1991年9月13日)

当历史老人将我们领进20世纪最后一个10年时,新纪元的曙光已经若明若暗地显露在我们眼前。变幻莫测的时代风云和激荡澎湃的世纪之行促使青年干部从现在起就要做好充分的心理准备,着眼于未来,着力于当前。如果没有一个良好的与世纪跨越相适应的心理素质,如果心理上被突如其来的挫折、困难吓倒乃至摧垮,或因一时的成绩陶醉、满足,那么我们就会成为时代的落伍者,无法紧跟新世纪的步伐。这就要求跨世纪的青年干部要养成优良的心理素质。

——坚韧不拔的意志。这是第一位的心理要素。21世纪对青年干部意志品质的考验将表现得十分突出和紧迫。第一，从国际大气候来看，敌对势力对社会主义国家推行"和平演变"的战略，在频频得手的态势下，在今后一定时期内还可能更加咄咄逼人，一场没有硝烟、不见刀光剑影的战争将在政治、经济、文化等领域继续展开。第二，从国内小环境来看，外有压力、内有困难的局面也会不同程度地继续存在，我们在前进的道路上也有可能遇到种种意想不到的困难或挫折。这就迫切需要跨世纪青年干部能以大无畏的、压倒一切的革命英雄主义气概，愈挫愈奋、锲而不舍，"排除万难去争取胜利"，也就是需要一种坚韧不拔的意志品质，即坚定的目的性、果断性、坚韧性和自制性。每一个青年干部要把坚定共产主义信念和坚定不移地跟党走社会主义道路的决心，贯穿于跨越世纪行动的始终。

——见微知著的认知。未来10年国际风云变幻莫测，这就要求跨世纪的青年干部成为毛泽东同志所说的"具有远见卓识的模范"，拓展思路，善于见微知著、以小见大，有着高度的政治敏锐性。这种政治上的敏锐性，尤其表现为对西方社会政治思潮和国内的资产阶级自由化思潮保持清醒的头脑，能够经常追踪，准确分析，坚持斗争。

——不骄不躁的情绪。保持情绪上的沉着稳定，是青年干部心理成熟的一个重要标志。未来的21世纪能否属于我们，归根结底要靠我们把经济建设搞上去，以此来证明社会主义制度的优越性，粉碎敌对势力的"和平演变"阴谋。现在，我们国家在经济建设中还存在着许多困难，有些困难可能会延续至下个世纪。这就要求跨世纪的青年干部们不气馁、不灰心、不急躁、不惊慌，在困难的时候看到光明，不是自暴自弃、自怨自艾，而是站稳立场，沉着应对。情绪上的两极摆动只会使我们止步不前甚至走向自我毁灭。

——健全崇高的人格。21世纪对青年干部的人格将提出更高的要求：坚持原则，敢于斗争；刚正不阿，光明磊落；通情达理，严己宽人；和蔼可亲，平易近人；等等。世纪之行渴望健全而崇高的人格，尤其需要像毛主席、周总理那样出类拔萃、无与伦比的伟大人格，他们的人格力量对敌人本身就是一种巨大的威慑力量。我们要以老一辈无产阶级革命家为榜样，认真学习，刻苦磨炼，加强修养，使自己成长为具有高尚人格的新一代。

附 录

莫让"改革打滑"

(《求是》2017年第18期)

当前,新一轮改革大潮风起云涌、如火如荼,由"起势"到"成势",呈现出多点发力、全面铺开、纵深推进的良好态势。

然而,值得警醒的是,在这样一种大的形势和背景下,也有地方和单位不同程度地存在着改革"打滑"现象。有的是思想"打滑",表现出倦怠、松劲、疲惫甚至懈怠情绪,觉得改革嘛就是不改"不够意思"、改改"意思意思",推崇"既不出风头、又不落后头"的中间主义思想,看风向、搞观望,"一等二看三通过"。有的是行动"打滑",整天习惯于在发文、开会、出方案上"打转转","上级部门忙着发文件,下级部门忙着学文件",热衷于做发文件、打报告、搞汇报的"纸面文章"和"空头表态",有的竟然把"空转"的上百件文件当成改革的"成绩单",把出台文件当成贯彻落实中央精神的最重要指标;有的则满足于造声势,做"留声机",口号多、行动少;有的甚至嘴上喊改革、心里怕改革,改革举措"只到膝盖不落脚",或者"在一片落实声中落空";等等。

打滑,其意乃地滑站不住,行走不稳。现实生活中看到的车子打滑,就是因为车子轮胎减少了对路面的附着力,行车偏离了行驶方向造成的。车子打滑,大都因为路面湿滑、路况不好,或车子行驶在上下坡,或挂挡有误等。改革好比开车,改革出现打滑,或因改革方案和改革举措脱离实际、难以着地;或因改革时机和节奏把握不当、难以落实。然而,说到底还是人的问题,有的人挂的是"空挡",表面上看车子仍在行进,实际上在"空转";而有的人则挂错了"挡位",或"上坡挡"挂成了"平路挡",或"行驶挡"挂成了"等候挡",甚至"前进挡"错挂成了"倒车挡";等等。说白了,就是一些人懒改、慢改、盲改甚至假改，造成改革"打滑"。

改革"打滑"既是改革大业的绊脚石，又是改革路上的"沼泽地"。改革是一场革命，是一次艰难的远征，得爬坡过坎，涉险滩、过沟壑、"吃螃蟹"、破藩篱，在这场新"长征路"上，也有"雪山草地"，有许许多多的"腊子口""大渡河"和"泸定桥"，得真刀真枪地干。然而，改革"打滑"虽然"机器"轰鸣，却在原地打转，说到底，就是改革"中梗阻"，不落地、不落实，实质上是一种"软改革""伪改革"。"逆水行舟，不进则退。"改革"打滑"必然延误改革的最佳时机，最终让改革大业"滑坡""滑行"。改革需要促进派、实干家，容不下那些只会耍嘴皮的、喊口号的，或者玩虚的、忽悠人的，推诿扯皮的。这些"空头改革"者，只会让改革"空转"，反过来也必让自己在改革"打滑"中滑倒。

"空谈误国，实干兴邦。"防止改革"打滑"，首先牢牢把握好改革的"方向盘"。车子开得好不好，方向感很重要。处在什么方位、往哪儿走？认不清、辨不明方向的改革，迟早要迷路甚至翻车。而只要始终认清并把握好改革的大方向，真正把思想和行动统一到中央重大决策部署上来，奔着问题去，瞄着问题走，无论目标有多远、路况有多险，早晚能抵达成功的彼岸。防止改革"打滑"，其次保证改革有强劲的驱动力。发动机是汽车的核心部件，发动机的驱动力决定了整车的性能和品质。改革越向纵深推进，碰到的硬骨头越多，已经到了滚石上山、爬坡过坎的关键节点。领导干部要挂好挡、起好步，有敢于拍板的动力、敢于负责的勇气、真抓实干的魄力，把改革举措落地作为重要政治责任，主动作为。要加强督察问效，做到改革推进到哪里，督察就跟进到哪里，内外力并举，推动改革落地见效。防止改革"打滑"，还得掌握好改革的科学方法。改革已经驶入深水区，路况复杂，得有好"车技"。要学会认清改革的特点和规律，有的需要大刀阔斧、快马加鞭、逢山开路、遇水搭桥，乘势而上；有的需要上下联动、捆绑作业，一竿子插到底，顺势而为；有的需要沉淀一下，再精准出发；等等。狭路相逢勇者胜，改革靠的就是那股子气和那股子劲。

改革是波澜壮阔、气势磅礴的交响乐，改革"打滑"则是这首交响乐中的"滑音""杂音"。谨防改革"打滑"，才能让改革的车轮贴地飞行、蹄疾步稳。

02

谨防"伪忠诚"

（《求是》2016年第16期）

中纪委在通报四川省原省长魏宏违纪问题时称其"不老实"，让人惊讶之余，不禁感慨唏嘘。纵观十八大以来众多落马官员，这种"不老实"带有一定的普遍性。而周永康、薄熙来、郭伯雄、徐才厚、令计划、苏荣等更是对党、对国家、对组织"不老实"、不忠诚的典型。

"忠诚敦厚，人之根基也。"古往今来，人们都十分看重忠诚。忠诚是人与人、人与组织之间信任度和依存度的基本纽带，是维系良好政治生态的重要基石。然而，一些干部貌似忠诚、实则不忠诚，表里不一、阳奉阴违等现象令人担忧、让人警觉。他们中有的对中央和上级组织的大政方针、决策部署,"坚决拥护"的调门唱得比谁都高,"步调一致"的口号喊得比谁都响,可谓信誓旦旦、言辞切切,但实际上搞阳奉阴违、口是心非,说归说、做归做、表态归表态、行动归行动,私下或背地里另搞一套、另外一副面孔,搞小圈子、小团伙、小山头,妄议非议中央、不守纪律不讲规矩,表态纯粹成了"做姿态",甚至成了表演;有的表面上满口理想信念,说得头头是道,讲得铿锵有力,一副坚定不移、坚贞不渝的样子,然而骨子里背道而驰、反向而行,成了讲信仰的背弃信仰,管灵魂的出卖灵魂;有的貌似做党的人,假装跟党走,实则早就在思想上、物质上做好了"弃船"而去的准备,为自己及家人找好了"退路",安排好了"后路";等等。这种公开或表面看似乎忠诚,私下或骨子里却不忠诚;平日"没事"时似乎忠诚,关键"有事"时不忠诚;口头言语上讲忠诚,具体行动上不忠诚;小事小问题上似乎忠诚,大是大非、大方向大原则上不忠诚,就是一种典型的"伪忠诚"。

"伪忠诚"现象,实质上是一种政治投机。"伪忠诚"

者有一个共同的特点，就是千方百计、时时处处掩饰或掩盖其不忠诚的真实面目，往往会戴着各种各样的假面具穿梭于政治生活当中，装扮成忠心耿耿的样子出现在人们的面前。"伪忠诚"有很大的欺骗性，人们很容易被其假象所蒙蔽。"伪忠诚"有很大的破坏性、杀伤性，"伪忠诚"者的"画皮"一旦被剥下，往往让人们感到震惊，甚至让价值观"碎了一地"。"伪忠诚"是最可怕的政治隐患。

　　谨防"伪忠诚"，首先要善于甄别、辨认和识破其伪装的一面，不让假象遮蔽我们的双眼。"伪忠诚"经不起时间和实践的检验，经不起历史和群众的检验，只要到"街头巷尾"多听民意民声、听"乡语口碑"，只要多渠道、多层次、多侧面地深入了解一个人，只要立体地、多维地、动态地和具体地去观察、分析、判断一个人，既听其言更观其行，既看一时更看平时，既察一事更看常事，就能发现"伪忠诚"者的蛛丝马迹。谨防"伪忠诚"，关键在于严肃党内政治生活，净化党内政治生态，从制度上让"伪忠诚"者靠边站、受冷落、没市场、没出路、现原形、难存活。

忠诚是做人的基石，是党员干部的根本。习近平总书记指出："对党绝对忠诚要害在'绝对'两个字，就是唯一的、彻底的、无条件的、不掺任何杂质的、没有任何水分的忠诚。"对于任何三心二意、不纯粹、讲条件、注水、掺假、作秀的"伪忠诚"，尤其需要擦亮眼睛，不被其所蒙蔽，及时把他们辨别出来、清除出去，始终保持党的队伍的纯洁。

领导干部当有"四张牌"

(《求是》2016年第4期)

什么样的领导干部让人心悦诚服、敬重敬佩,答案和说法会有各种各样。某地曾经做过一个问卷调查,选项比较集中的有:掌握和运用政策法规、有很强的能力水平、丰富的经历阅历和人格魅力。这或为领导干部应有的"四张牌"。

政策和策略是党的生命,学好用好党的理论方针政策和国家的法律法规,是领导干部的基本功。然而,现实中一些领导干部不够注重政策的研究和运用,有的制定政策主观臆断,有的对党的政策措施一知半解、不求甚解，造成党的政策在实际工作中被打折、被变通、被扭曲和被掏空。干部是党的政策"代言人""执行者"，肩负着上传下达的重要使命，理应成为政策的"播种机""传声筒"，特别是在依法治国、依规治党的新形势下，更应该依法办事、依规办事，依法行政、依规行政。越是在这样的要求下，越要学会成为"政策通"，成为某一方面或领域的"活字典""一口清"。谁掌握了政策法规这张"王牌"，谁说话办事才有了依据和"靠背"。

能力是干事的基础，一个人如果心有余而力不足，那么所有的一腔热血和美好愿望都只会在路上打转。应该说，现在领导干部大多很能干，但是，提高能力永远是个过程。一个人过去有能力，不意味着现在能力强；现在能力强，不代表将来能力行。本领恐慌过去有、现在有，将来仍然时不时地有。我们常常可以看到，有的领导干部工作中往往拆东墙补西墙，捉襟见肘，出现"能力不强被急死、办法不多被愁死、水平不高被骂死"的尴尬和窘境。在当下经济社会发展日新月异、矛盾和问题层出不穷、挑战和考验日益复杂的新形势下，能力提升不可或缺。任何时候、任何情况下，过硬的本领、出众的能力，始终是领导干部出色、出彩的一张招牌。

不缺学历缺阅历，这是不少领导干部尤其是年轻干部的一大短板。这种缺陷造成一些干部说话办事容易脱离实际，研究的政策、出台的文件、制定的措施，往往因为不接地气而无法落地生根；一些干部言行举止容易脱离群众，耍"老爷"派头、摆"衙门"威风，甚至对百姓的安危冷暖袖手旁观、麻木不仁，与百姓渐行渐远；一些干部自信和底气缺失，遇到急难险重的突发情况，常常惊慌失措、无所适从；等等。"纸上得来终觉浅，绝知此事要躬行。"领导干部要有经历和阅历，特别是基层和基层领导工作经历，才会心中有数、心里有谱，才会了解基层、懂得实际、明白群众。经历和阅历是领导干部很重要的一张底牌。

不缺能力缺魅力，这是一些领导干部的又一个通病。领导干部的感召力、凝聚力和吸引力，一方面固然来自职务，但更重要的应该来自非职务性因素，那就是人格魅力。人格魅力是一个人品格、品行和品位的外化，是修养、素养和涵养的外观，是内心德性和操守的外露。现实中，一些领导干部自觉或不自觉、有意或无意间所流露出来的"雷言雷语",所表露出来的"高冷"面孔,特别是少数人暴露出来的品行不端、品位下端等"两面派""双面人"特征,令人不屑。党的领导干部必须注重修心养性,特别是应胸怀天下、心系百姓,同群众打成一片、融为一体。人格魅力是领导干部不可或缺的主牌。

　　一个领导干部有了这"四张牌",就有了自信和底气,就可以成为一个让干部群众敬重的人,就可以把好牌打成好局。

"五个无"干部要不得

(《求是》2014年第11期)

最近到基层调研,感觉经过教育实践活动,干部作风确实有很大转变,非常难得、非常可喜。但也听到群众反映,有的干部因为怕出事、怕出错而干脆消极作为,有的则出于为官不易而不作为,在工作中常常表现出"心中无数、脑中无事、眼里无活、手里无牌、落实无果"。这"五个无"是对"庸懒散"干部的一个鲜明概括,是对"虚浮空"干部的一个准确描述,也是当前干部"四风"问题的折射和反映,不可取、要不得。

"五个无"干部的出现,从客观上分析,在于一些地方和单位工作标准不高、要求不严，压力不大、动力不足，管理不善、机制不活。有的地方和单位看似有目标任务，但虚的多、空的多、弹性大，既不够具体，又不够到人到位。没有压力就没有动力，缺乏竞争就缺乏活力；不严就容易松垮，不紧就自然懈怠。如果干多干少都一样，干好干坏差不多，甚至有时多干不如少干，那么那些"一杯茶、一支烟、一张报纸看半天"的"思想懒汉"和闲人就会过得自在、活得潇洒。从主观上看，是因为一些干部事业心缺乏、责任感缺失，精神状态不佳，作风不实，能力不强、本事不大所致。有的干部只是把工作当作一种职业，满足于对得起"工资表"，有的甚至还把它当成一种副业，不投入、不敬业，只求过得去，不求过得硬，只管差不多，不管差多少，满足于"做一天和尚撞一天钟"。这样的干部自然脑中无事、眼中无活。有的干部作风漂浮，习惯于做"虚功"、冒"虚火"、出"虚汗"，满足于搞形式主义，走走套路、摆摆样子。这样的干部自然对事情只知其然不知其所以然，甚至不以为然，于是很多工作在一片落实声中落空。有的则是不善于学习和实践，不注重提高自身素质，满足于"吃老本"、不注意长本事，手里只剩下一点点土办法、老办法和笨办法，面对日新月异的社会进步，面对瞬息万变的时代发展，显得捉襟见肘、疲于应付，等等。

"五个无"干部对事业无益，对自己无利。心中无数的人，凭经验、想当然，习惯于拍脑袋拍胸脯，结果造成很大的工作失误，给事业带来危害。脑中无事的人，整日脑子里空空的，不想事、不装事、不记事，结果事到临头惊慌失措、束手无策。眼里无活的人，对事情视而不见、听而不闻，反应麻木迟钝，总像算盘子一样拨一下动一下，处处显得被动。手中无牌的人，即使有想干事的愿望和激情，也缺乏干成事的功夫和底气，有想法没办法，有思路却找不到出路，特别是面对错综复杂的矛盾和问题，不知如何下手、怎样出手。落实无果的人，是只开花不结果，"只闻楼梯响不见下楼来"，有始无终、有头无尾，开"空头支票"，失信于民，凉了人心。总之，这"五个无"，既反映出一些干部心有余而力不足的毛病，又暴露出他们力有余而心不足的问题，既损害党员干部形象，又妨碍党的事业发展。

让"五个无"干部坐不住、待不下、过不好，一靠强化教育，二靠制度约束。对"五个无"干部，要经常扯袖子、打招呼，真正让这些人脸红心跳。核心是树立强烈的事业心和责任感，把他们的心思和精力引导到事业发展上来，聚精会神、心无旁骛。同时，要从制度上加强监管，强化约束，切实解决好人浮于事和动力不足问题，充分调动积极性、主动性和创造性，让心中有数的人作决策、脑中有事的人出主意、眼里有活的人机会多、手里有牌的人有舞台、落实有果的人受表彰，让那些"五个无"干部"靠边站""没市场""被淘汰"。

莫让利器变钝器

(《求是》2013 年第 21 期)

批评与自我批评，一直是我们党解决自身矛盾和问题，活血化瘀、强身健体的一大利器。这次教育实践活动，要拿起批评与自我批评这个有力武器，开展积极健康的思想斗争。

一个时期以来，批评与自我批评的功能在日益弱化和退化，"自我批评谈情况，相互批评谈希望"已经司空见惯、习以为常。一些地方和单位经常是上级对下级顺着、宠着，下级对上级捧着、迎着，同级对同级哄着、抬着，面对明摆着的不良现象也往往是忍着、让着，等等。这种相互逢迎讨好，彼此吹捧抬举的习气令人忧虑。

批评与自我批评这一利器之所以变得不够锋利，甚至变成了钝器，究其原因是党内一些同志身不正、心不公、风不好的结果，说到底是私心作怪、私利作祟的表现。有一种说法，现在是"批评领导提拔不了，批评同级关系僵了，批评下级选票丢了，批评自己自寻烦恼"，还有的自嘲"批评上级怕穿小鞋，批评同级怕伤和气，批评下级怕丢选票，批评自己怕失面子"。剖析批评与自我批评之难，怕字当头是关键。有的打铁自身不硬，屁股不干净，形象不端正，缺乏底气，怕"台上说人家，台下被人说"；有的奉行你好我好大家好，推崇好人主义，讲究明哲保身，怕丢选票、怕伤和气、怕引火烧身；有的甚至结成利益小圈子，投桃报李、江湖义气，大家相互罩着、护着；等等。结果是党内生活庸俗化，同志关系利益化。

利器变钝器掩盖了问题、掩饰了矛盾、助长了歪风邪气，可谓害人误己损事业，危害甚烈。毛泽东同志曾经指出，所谓发挥积极性，必须具体地体现在领导机关、干部和党员，"敢于和善于提出问题、发表意见、批评缺点"。批评和自我批评，对自己而言是最好的"照镜子、正衣冠、洗洗澡"，对他人而言是最及时的"扯袖子、提个醒、吹吹风"。大量正反两方面的经验教训告诉我们，严是爱、松是害，只有经常性地开展批评与自我批评，开展积极健康的思想斗争，才可以使党内同志间的矛盾和问题"发现在早、处置在小"，这是同志间的真心待人、真情对人、真诚为人。

莫让利器变钝器，说到底一靠教育引导，二靠制度保障。在教育实践活动中，要在党内大讲开展批评与自我批评于人于己于党的事业的好处，说清楚、讲明白讳疾忌医、庸俗之风的危害，在党内大兴批评与自我批评之风，提倡说真话、实话、心里话的好风气。批评人是一种责任、担当和勇气，自我批评是一种自觉、胸襟和坦荡。敢于开展批评的人，只要出于公心、自身过硬就有底气；敢于开展自我批评的人，只要心态端正、思想纯洁，不讳疾忌医就有勇气。面对缺点、不足和错误，必要的"拍桌子"比一味的"拍胸脯"更有意义，必要的唱"黑脸"、说"硬话"比婉转、客气和软绵绵的"思想按摩"更有价值。当然，批评人有时会得罪人、丢些票,开展自我批评有时会搞得自己不好看,甚至下不了台,这就要求我们干部人事制度提供保障。在这次教育实践活动中,我们要发扬党的批评与自我批评的优良传统,实事求是、出于公心,自我批评真正触及问题,相互批评敢于指出问题,防止好人主义,让批评与自我批评蔚然成风。

06

谨防"亚信仰"

（《求是》2013年第7期）

医学上有个概念叫"亚健康"，说的是人的身体虽然没有明显的疾病，但却出现或存在一些病症和病灶，处于非病非健康的灰色、中间或第三状态，属于一种临界点。

当下，有些党员干部思想上也出现或存在着一种类似可称之为"亚信仰"的现象。表现为：当形势好、国家发展得顺风顺水的时候，情绪饱满、信心十足，而碰到形势严峻，或遭遇挫折、困难和低迷的时候，则情绪低落、悲观失望，类似当年"红旗到底能打多久"的疑问又跑了出来；当看到或享受到改革开放伟大成就，感受到党的理论和路线方针政策伟大力量时，充满希望、斗志昂扬，而一旦面对现实中诸多与理论脱节的矛盾和不少事与愿违的问题，特别是接触到一些消极腐败现象时，又灰心丧气、疑虑迷惘，有的还时不时跟着消极情绪走；等等。这种对党和国家前途命运、对共产主义和中国特色社会主义信仰信念所表现出来的半信半疑、将信将疑或时有时无、忽高忽低的"灰色状态"便是一种典型的"亚信仰"。

"亚信仰"要不得，不解决不得了。它是思想上的一种临界点，过之则会由"疾"到"病"，成为假信仰、不信仰，最终导致信仰危机和信仰丧失。客观地讲，"亚信仰"也不是完全不信仰和没信仰，它有一点信仰，但总是摇摆不定，显得不坚定，特别是有个风吹草动，便似"墙头草"，风吹两边倒。"亚信仰"是一种思想上的"软骨病"，平常看不出，关键时候一旦发作出来也会"要命"。"亚信仰"还有一定的隐蔽性、迷惑性和麻痹性，带有一定的"病毒"，会传染和传播给其他人，产生负面效应，所以应当高度警觉，看清危害，好好解决。

"亚信仰"的出现，根本在于对马克思主义和中国特色社会主义缺乏真学真信真懂真用，缺乏自觉而坚定的道路自信、理论自信、制度自信。在血与火的战争年代，信仰是试金石，一批又一批革命志士抛头颅、洒热血，正是因为他们自觉而真正信仰马克思主义是"放之四海而皆准"的真理，为真理而生，为真理而死，这一崇高信仰成了他们生命所系、力量所在。和平建设年代，特别是改革开放以来，各种社会思潮相互激荡，多元价值观念相互碰撞，面对眼花缭乱、扑朔迷离的现实生活，一些人总觉得马列主义和中国特色社会主义说不清、道不明，不能自觉地用马克思主义立场、观点和方法来看待事物。根基不牢，立场则不稳。正因为对马克思主义和中国特色社会主义缺乏真学真懂真信真用，自信不足、底气不够，信仰上的摇摆自然在所难免。

　　"亚信仰"是一种思想上的不纯洁，防止和解决"亚信仰"，首先得做一次"思想体检"。用信仰这面 X 光机来照一照自己，看一看是真信抑或半信还是假信或不信，照镜子、正衣冠，只有确诊，才好区别情况，对症下药。其次是抓紧"补钙"。理想信念是共产党人精神上的

"钙"。思想上患了"软骨病"的"亚信仰"者，应该自我警觉、自我净化，时刻要给自己的思想灵魂"补补钙"，学会用马克思主义的立场、观点和方法分析、判断、解决问题，增强道路自信、理论自信和制度自信，不断提高思想上的免疫力和抵抗力，不让任何病毒在信仰的净地里滋生蔓延。

让干部评语"鲜活"起来

(《求是》2012年第16期)

前一段时间,杭州市在换届中采用为干部撰写小传,作为干部考察情况的一种补充,这一做法受到干部群众的好评。干部小传侧重于干部的成长经历、个性特点,以生动鲜活的语言勾勒出一幅干部"素描",这不失为改变干部考察评语"千人一面"和"千篇一律"问题的有益尝试。

干部评语雷同化、表面化和空洞化现象是一个老大难问题。有的套话虚话连篇,空洞无物;有的张三李四区分不出来,"张冠"换个名也可"李戴";有的沉闷、呆板、苍白无力、枯燥乏味。特别是涉及干部的不足、缺点和问题时，往往避重就轻、避实就虚，或者轻描淡写、虚晃一枪，经常会出现"有时有些急躁""开展工作不够大胆"等不痛不痒、隔靴抓痒的评价，甚至还出现"不够注意身体""不太注意团结女同志"这种反话正说、不失恭维调侃式的滑稽点评，成了人们的一种"谈资"和"笑柄"。对此，群众反感、干部不满，上级领导无奈。

干部评语是干部选用的基本依据。评语是一种文字"画像"，是在用笔"照相"，画得不像没用，画得不清误用。干部评语鲜活，能让干部形象"眉清目秀"、跃然纸上，让组织和干部群众一目了然，更好地做出正确选择和取舍。反过来看，不少干部评语"千人一面""千篇一律"，既不好看又不好用，导致对干部看法的失真、失实，造成对干部选用的误用、错用。

让干部评语"鲜活"起来，根本在于实事求是，坚持原则，敢说真话。考察评语表面上看是一个话怎么说、材料怎么写的问题，而实质上是能不能实事求是、是不是坚持原则和敢不敢说真话的问题。一些干部评语"千篇一律"，说到底还是因为一些人对党的事业发展不够负责,对干部健康成长不够负责,不愿说真话、实话,特别是不敢说干部的缺点和问题,怕得罪人、怕伤和气、怕引火烧身,这是老好人思想作怪的表现,是责任缺失、担当精神缺乏的反映。鲜活莫过于真实。说真话,是最生动的鲜活;说实话,是最深刻的鲜活。要本着对党的事业尽职、对干部本人负责,说真话、道真情,特别是对干部的缺点和问题,不能不痛不痒、避重就轻,更不可一带而过、视而不见,应该直言不讳,有一说一、实话实说。

让干部评语"鲜活"起来,核心在于体现个性化,解决好"千人一面"的问题。人与人因个性而显差异,因差异而具个性。鲜活之要义在于特点鲜明、有个性。评语能不能鲜活,就看能不能发现特点、揭示特点、表述个性。这就要深入了解、善于发现,把功夫下在深入、细致的考察上,多侧面、立体式、全方位地去看干部,历史地、动态地、发展地去看干部,既看一时,更看平时;既看一事小事,更看事事大事。看得准,才能"画得像";看得清,才能"画得好"。

让干部评语"鲜活"起来,还在于体现形式的多样化。干部的评语除了用简洁的语言准确、真实、全面反映干部的品质外，也要辅之以不拘一格的表达方式。现在大多数评语写法都是一种格式，甚至连每个人的篇幅字数都得相当，似乎这样才免得干部有"想法"，讨"说法"。这种机械主义做法让评语索然无味。评语要鲜活起来，得从每个干部的具体实际出发，因人而异，不拘一格、形式多样。干部个性特点因评语鲜活而彰显，评语鲜活使干部形象更加生动。这样的干部评语才既好看又好用。

让"老黄牛"式的干部埋头不埋没

(《求是》2012年第1期)

"老黄牛"式的干部是干部队伍中不起眼又少不了的一批人。他们从不"显山露水""长袖善舞",而是像牛一样俯首攒力、躬背拉犁、任劳任怨、默默奉献。人们形象地把他们称之为"老黄牛"。

"老黄牛"式的干部容易被淡忘、被忽视,甚至吃苦又吃亏。他们大多只会干事不会"来事",更不愿也不会包装、作"秀"自己,难以给人留下"深刻印象";他们一般都不太愿斤斤计较,吃点亏、受点屈也不往心里去,容易被人"忽略不计",似乎"可有可无";他们还常常做一些他人不愿干、不屑干的小事琐事、脏活累活,被当作"没用"的老实人。这就是"老黄牛"式的干部容易埋头又埋没的原因所在。我们要对症下药,切实加以解决。

让"老黄牛"式的干部埋头不埋没,就要对他们高看一眼。"老黄牛"式的干部大多普通平凡,默默无闻,没有轰轰烈烈的惊天伟业,但他们平凡不平庸,平淡不平常,精神高大,可钦可佩。我们的队伍里正是因为有一批又一批忠诚老实的"老黄牛",一些许多人不愿干、不屑干、缺名少利、有苦劳少功劳的事情才一件件得以落实,党的事业和各项工作才一步步地向前推进,党的干部形象也因此受到群众的褒奖和尊重。对他们高看一眼,就是要思想多重视、心里常惦念,充分重视他们的影响和作用,充分发现他们的闪光点和可贵处,充分看到他们的功劳和苦劳,切不可因为他们的"不起眼""不邀功""不来事"而看轻、看小和看淡他们,真正做到眼里常有他们的身影,心中常有他们的位置。

让"老黄牛"式的干部埋头不埋没,就要对他们厚爱一等。"老黄牛"式的干部往往有苦不叫苦、有累不言累，甚至有难有屈不声张，有名有利不伸手。对他们厚爱一等，就应该平时多了解，非常时多理解，在他们遭受委屈、面对非议、承受压力时，及时为他们排忧解难、撑腰打气；厚爱一等，就应该平时多发现，适时多宣传，大张旗鼓表扬"老黄牛"式的干部，大力弘扬"老黄牛"精神，使他们成为更多人的标杆、镜子。

让"老黄牛"式的干部埋头不埋没，就要对他们提携一把。"老黄牛"式的干部往往习惯少说多做、埋头苦干，不夸夸其谈、光说不练；往往忠诚老实、有功不邀功，不言行不一、华而不实。这种干部很少张扬、不出风头、不耍滑头，即使有相当的能力，也不容易得到施展的机会。提携一把，就是要善于做伯乐，多给"老黄牛"式的干部展示的机会，让他们的观点得以表达，让他们的才能得到发挥；就是要平时多关注、用时多关心，在用人等制度设计上尽量优先、优待他们，关键时刻对他们"网"开一面，尤其是在民主推荐、票决和评优的时候，不可简单以票取人，应作具体分析，既看一时，更看平时、看一贯，让他们得到合理、公平、公正的对待，不让老实人吃亏。

"老黄牛"式的干部是干部资源中一笔宝贵的财富，是干部队伍中一道温暖的风景。既代表了一种形象和作风，更折射出一种思想境界和精神风貌。我们的事业需要"老黄牛"式的干部，我们的时代呼唤"老黄牛"般的精神，让"老黄牛"式的干部埋头不再被埋没，干事有成就感，为"官"有自豪感，做人有幸福感，更加吃香走红、越来越多，成为受尊重、被追捧的"香饽饽"。

09

让热衷走门子的人没门

(《求是》2011年第9期)

一个人靠什么获得进步？靠实干、凭实绩，靠德才、凭公认，这既是正道，也是大多数人的正确选择。但总有那么一些人偏偏不信这个理、不走这个道，热衷于跑官要官，一门心思拉关系，千方百计走门子。每到职务调整、岗位变动的时候，特别是碰到换届这样的机会，他们便四处奔走，忙着找亲朋老友，遍地寻"有用"之人，拐弯抹角套近乎，想方设法去"勾兑"。

走门子，走的是歪门邪道、搞的是歪风邪气。走门子的人视"生命在于运动，当官在于活动"为秘诀，把

"不跑不送原地不动，只跑不送平级调动，又跑又送提拔重用"当规则，骨子里信奉"朝中有人好当官"。他们平时下功夫攀"高枝"、找"靠山"、寻"背景"，下力气搞感情投资，积累人脉资源、笼络人际关系，到关键时则四处活动、到处串门，什么老领导、老同学、老战友、老同事等，统统成了他们可以利用的"本钱"。在这些人的眼里，不走门子的人反而是无能、老实、傻瓜，不会来事、没有本事。热衷走门子既是一个地方和单位风气不正所致，更是一个人心术不正所为。它既败坏了干部队伍风气，又扭曲了一些干部的是非观、荣辱观，还极大地挫伤了不少埋头苦干、不走门子干部的积极性，危害甚烈。

让热衷走门子的人没门，就要堵"后门"、关"旁门"。走门子是一种"地下活动"和幕后交易，这里面少不了五花八门的权钱、权权和权色交易。让走门子的人没门，一方面要让这些人达不到目的、尝不到甜头、捞不到好处；另一方面，更重要的是让那些为走门子的人打招呼、写条子的人不敢为、不便为、不能为，让开"门"的人付出代价，从制度上把那道"后门""旁门"甚至"邪门"给关住和封死。这其中，最有效的办法就是让提名权由"隐性"变显性，真正让选人用人权在阳光下运行，让走门子的人无门可进、无路可走。

让热衷走门子的人没门，就要开"前门"、通"正门"。要让那些不走门子，踏实干事的人，进入选人用人的视野，不致被冷落、淡忘。要对不跑不送的老实人、正派人格外关注、特别关心，平时放在眼里，关键时放在心里，使用时放在重用位置里。正确的用人导向树立起来了，消极的因素就会越来越少；"前门""正门"敞开了，走"后门""旁门"的人自然就会越来越少。最好的办法就是坚持民主、公开、竞争、择优的方针，真正让愿干事、能干事、会干事又不出事的干部脱颖而出。

让热衷走门子的人没门，还得靠"守门员"把好门、守住门。各级党委及其组织人事部门在用人问题上担负着为党守门、为民把关的职责，应该坚持原则，公道正派，切实负起责任。换届往往是跑关系最活跃的时候，是走门子的多发、易发期，要不唯上、不贪利、不懈怠，真正把那些热衷走门子的人挡在门外，不让他们溜进选人用人的大门。

10

用干部要既看才更看德

(《求是》2010年第4期)

党的十七届四中全会突出强调:"选拔任用干部既要看才、更要看德",要把德放在首位,并对干部的"德"看什么、怎么看提出了明确具体的要求。这是新形势下选人用人的重要思想和重要标准,具有很强的现实针对性。

坚持德才兼备、以德为先,是我们党一贯的用人路线。早在1938年,毛泽东同志在党的六届六中全会上就指出:"中国共产党是在一个几万万人的大民族中领导伟大革命斗争的党,没有多数才德兼备的领导干部,是不能完成其历史任务的。"1940年,陈云同志曾具体阐述了德才兼备标准,强调"德才并重,以德为主"。新中国成立后,毛泽东同志又形象地指出干部要"又红又专"。改革开放后,邓小平同志提出了干部队伍"四化"方针,强调"首先要革命化"。1989年,江泽民同志指出"选人、用人、育人都要以革命化为前提"。党的十六大以来,胡锦涛同志多次强调,我们党的干部标准是德才兼备、以德为先。这是针对干部队伍建设新实际,顺应时代发展新要求和人民群众新期待作出的新概括、新表述,是对我们党长期以来选人用人实践经验的科学总结,是新形势下党的干部路线的集中体现和丰富发展。

悠悠万事,用人为大。用人关乎队伍优劣、风气邪正、民心向背、事业成败。无数事实一再表明:用什么人、不用什么人,用什么样的标准选人、选出什么样的人,至关重要。用干部既看才更看德,既是一种用人导向,又是一种育人标杆。如果说德是人的灵魂,那么,才就是人的骨骼。"才者,德之资也;德者,才之帅也。"德是才的统帅,才是德的支撑,两者相辅相成、相得益彰。我们的干部,如果有德无才,干不成事;而有才无德，终究会坏事。我们常说人没看准，主要是德没看准。当前一些干部出问题，主要不是出在才上，而是出在德上；主要不是出在做事上，而是出在做人上；主要不是出在勤政上，而是出在廉政上。群众对有些干部不满意，也主要是对他们的德不满意。从实际看，干部在才上有缺陷，可以通过学习锻炼来补上，而如果在德上有缺损，解决起来就不那么容易。

用干部既看才更看德，就是要让干部的德可看、能看，真正"看得见、摸得着"。在一些人眼里，德似乎是个抽象的东西，不好把握、不易操作、不便"量化"。干部的德"看什么"？"怎么看"？就是要在关键时刻、重大问题、重大利益以及是非原则上，看他是否忠于党、忠于国家、忠于人民，是否确立正确的世界观、权力观、事业观，是否真抓实干、敢于负责、锐意进取，是否作风正派、清正廉洁、情趣健康。

用干部既看才更看德，就是要以德为前提，以德为先决。对于能力和本事差不多的干部，谁在德方面表现更加突出，就提拔任用谁；对于那些无德之人，即使能力再强、本事再大，也不能提拔任用；对已在领导岗位上德出了问题的，要坚决撤换下来。要把德才兼备、以德为先贯穿于干部工作的全过程。培训干部重在育德，选拔干部重在看德，考核干部重在察德，管理干部重在严德，真正让品德高尚、品行端正又能干事的干部受器重、有前途。

11

看干部要既看功劳又看苦劳

(《求是》2009 年第 16 期)

现实中常常有这样一种现象：当我们评价一个人的好与差、成与败、行与否时，往往只是一味地看重结果，而不太看重过程，讲究以成败论英雄和论功行赏，每每记住的是那些功名显赫和取得很大功绩的，而往往容易轻视乃至忽视那些下了很大苦功、付出很多努力却功劳不显甚至没有什么功劳的人。前不久，一位领导同志深有感触地说，看一个干部应该既要看功劳，又要看苦劳。此话耐人寻味。

看干部，当然应该也必须首先看功劳，因为功劳代表了一个人的成绩与作为，是苦劳的集中体现和必然反映，是心血和汗水凝结而成的。一般来说，功劳和苦劳大体是成正比的，下多大的苦功夫，结多大的事业果，功劳折射着背后的苦劳。所谓一分耕耘一分收获，"天道酬勤"。也正是从这个意义上讲，看功劳是正确的、必然的，这也是凭实绩看干部、用干部的内在要求，是鼓励、倡导和崇尚干部能干事、干成事的一种鲜明导向。把掌声和鲜花献给做出成绩、取得功劳者，是天经地义的奖赏。

看干部，还应该也必须同时看苦劳。应该说，看功劳基本上能看出一个干部的主要方面和主要表现，但绝不是全部。从现实来看，苦劳有时也未必一定能结出期待中的果实，功劳和苦劳也有不成正比的时候。苦劳要转化为显在的成绩和功劳，往往需要一定的内外部条件，更与一个人的岗位、时机和际遇有关。有的人，虽然平时下了很大的苦功夫，付出了辛勤的汗水，吃苦受累，但是有的因为工作基础差、难度大而一时出不了成绩；有的因为做的是抓长远的、干潜在的、打基础的工作，也一时见不到成效；有的因为见荣誉就让，把功劳和成绩都记在他人和集体上；还有的是因为本身主要从事大量具体、琐碎、零散的工作，长期默默无闻、无私奉献，基本上就出不了看得见、摸得着的功绩；等等。从这个意义上讲，付出苦劳而功劳不显者同样值得我们尊敬和推崇。我们既要对劳苦功高的干部高看一眼，又要对劳苦而功不显的干部厚爱一等。

看苦劳，就是要注重看状态、看付出、看过程。我们不仅要看一个干部"干得怎样"，还要看一个干部是"怎么干"的，要看一个干部在平时工作中的精神状态，有没有很强的事业心和责任感，是不是很投入、很敬业、很勤勉，能不能吃苦耐劳、兢兢业业、无私奉献。看苦劳，就是要特别关注那些长期在艰难困苦的环境下，不计功名、埋头苦干的人；格外关心那些一辈子甘做"小螺丝钉"的无名英雄；倍加重视那些在"不起眼""不足道""不热闹"的岗位上无私奉献的"无功"者。这些人同样是我们共和国大厦的建筑师和施工员，同样是成就我们民族大业不可或缺的推动者和创造者，同样为党的形象增光添彩。

看干部既要看功劳，又要看苦劳，是辩证唯物主义的态度和思想方法。毛泽东同志曾经说过，看干部"不但要看干部的一时一事，而且要看干部的全部历史和全部工作，这是识别干部的主要方法"。只有既看功劳，又看苦劳，才能既让建功立业、劳苦功高者受尊崇，又让默默无闻、劳苦而功不显者受鼓舞，充分调动起广大干部的积极性、主动性和创造性。

12

树立人人都可以成才的观念

(《求是》2004年第5期)

树立科学的人才观,一个重要的方面就是要树立人人都可以成才的观念。时势造英雄,时势造人才,这是人人都可以成才的客观依据。事业发展和时代进步是孕育、催生人才的沃土。事业靠人才推动,事业又在不断造就、培养人才。轰轰烈烈的革命事业造就了一大批治党治国治军的领导人才。新中国成立后,社会主义建设事业每一次大发展,既是大批人才推动的结果,又是培育大批人才的沃土。特别是新时期以来,我国各项事业欣欣向荣,各类人才不断涌现。是改革开放的宏伟大业,为史来贺、吴仁宝、鲁冠球等一批优秀农村基层干部和农民企业家提供了施展才干的广阔天地；是新中国航天事业的大发展，造就了航天英雄杨利伟。在全面建设小康社会，实现中华民族伟大复兴的历史进程中，每个人都可以极大地发挥聪明才智，成为对国家、对民族的有用之才。当前，我国正在大力实施人才强国战略，努力造就数以亿计的高素质劳动者、数以千万计的专门人才和一大批拔尖创新人才，建设规模宏大、结构合理、素质较高的人才队伍，着力从政策措施、体制机制和环境等各个方面为人才辈出创造条件。

树立人人都可以成才的观念，必须打破对人才的狭隘理解。在一些人眼里，人才似乎高不可攀、遥不可及，有的甚至把追求成才看作是好高骛远，不切实际。他们往往只把那些具有较高知识水平和创新能力的顶尖人物看成人才，把少数有成就、做大事的精英人物看作人才，有的甚至只把上过大学或者当了官的看成人才，而把那些具有丰富实践经验和一技之长的能工巧匠，刻苦学习、勤奋工作、勇于探索的各行各业的成功者排斥在人才之外。这种狭隘、错误的观念和做法，泯灭了许多人成才的愿望，禁锢了许多人成才的努力，埋没了一大批真正的人才。我们的事业是全面的、发展的，决定了人才是多方面的，人才的成长是多渠道的。既需要"高、精、尖"人才，也需要"短、平、快"人才；既需要"象牙塔"里的人才，也需要"泥土堆"里的人才。

树立人人都可以成才的观念，必须建立科学的人才标准。人才标准过高过窄，都会挫伤人们的成才愿望。要坚持德才兼备原则，把品质、知识、能力和业绩作为衡量人才的主要标准，不唯学历，不唯职称，不唯资历，不唯身份，做到不拘一格选人才。不拘一格选人才，才会不拘一格出人才。对有较高知识水平、创新能力的拔尖人才和有丰富实践经验、一技之长的实用人才要一视同仁；对高级、拔尖人才与普通人才，"洋"人才与"土"人才，新生人才与传统人才要一视同仁。只有建立平等、合理、科学的人才标准，才能让更多的人看到成才的希望，增强成才的信心。

树立人人都可以成才的观念，必须建立一个充满生机和活力的人才工作体制和机制。存在决定意识，树立人人都可以成才的观念需要一个良好的制度、机制和环境。必须把转变人才观念与创新人才制度结合起来。我们所要建立和健全的人才工作的体制和机制包括：完善的人才培养机制，科学的社会化的人才评价机制，合理的人才选拔任用机制，促进人才合理流动的机制，鼓励人才创新创造的分配制度和激励机制，完备的人才保障机制，等等。只有从体制、机制入手，为人人成才搭建平台、提供舞台，才能使每个人的潜能都得到最大限度的发挥，每个人的价值都得到最大限度的体现，人人都可以成才的观念才能通过实践真正深入人心，大批人才才会源源不断地涌现。

写在后面的话

此前,我出版过一些"不怎么像样"的书,而这本《三生集》可谓自己似乎像模像样且有点"高大上"的书了。书中收集的是这30年来自己发表在《人民日报》的99篇文章,另外还把刊发在《求是》杂志上的12篇也一并附上,总计111篇。

取书名为《三生集》,乃三层意涵:一是写文章、"爬格子"是我的生命之源、生存之道和生活之味,如果什么时候不写了,我的生命源泉就枯竭了、生存的根基便失去了、生活的乐趣也就不复存在了;二是我的一生能与文字结缘,与文章结伴,不是苦命,而是幸运,文字的力量带给我妙不可言的幸福,与文字情定终生,乃三生有幸;三是常言道,一生二、二生三、三生万物,故取书名《三生集》。也曾想试着用《文秀一"秀"》作书名，一来想把《人民日报》发的99篇文章拿出来晒一晒、"秀一秀"；二来"文秀"也想向广大读者作一次集中展示和汇报。文秀，名字冥冥之中似乎注定了我的命运和幸运。

在《人民日报》《求是》上发文章，是自己一直以来的努力。感谢《人民日报》《求是》同仁们的错爱、偏爱和抬爱，你们是辛勤的园丁，正是你们的修枝剪叶、精心打磨才成就了我的这些小篇什。读者是衣食父母，感谢你们一直以来对这些拙文的关注和喜爱，你们的鼓励是我笔耕不辍的动力，你们的点头才是我的劲头。妻子始终是我写作的加油站和助推器，当我偶尔"懒得动笔"时你总是或搭把手，或拉一把，或垫个脚，让我又精神抖擞，下笔有神。这次妻女作为书稿的统筹，费神费力又费劲，你们辛苦了。感谢广西师范大学出版社的编辑们，你们出了不少有影响力的好书，但愿此书能够为你们添上一抹亮丽的色彩。

作者
癸卯年仲夏于北京